231375

GUERRES D'ITALIE

POËME HÉROÏQUE

SUR

NAPOLÉON-LE-GRAND,

PAR

Lucien-Absalon CHARBONNEL,

Dédié à Sa Majesté

LOUIS-NAPOLÉON III,

EMPEREUR DES FRANÇAIS.

PRIX : 3 FR.

Chez l'Auteur, rue Lamartine, 22.

PARIS, IMPRIMERIE DE POLLET,

RUE SAINT-DENIS, 331.

1853.

GUERRES D'ITALIE

POËME HÉROÏQUE

SUR

NAPOLÉON-LE-GRAND,

PAR

Lucien-Absalon **CHARBONNEL**,

Dédié à Sa Majesté

...IS-NAPOLÉON III,

EMPEREUR DES FRANÇAIS.

PRIX : 3 FR.

Chez l'Auteur, rue Lamartine, 22.

PARIS, IMPRIMERIE DE POLLET,
RUE SAINT-DENIS, 331.

1853.

EXTRAIT DU DÉCRET DU 19 JUILLET 1794,

Concernant les Contrefacteurs et Debitants d'éditions contrefaites.

Aʀᴛ. 4. — Tout contrefacteur sera tenu de payer au véritable propriétaire une somme équivalente au prix de trois mille exemplaires de l'édition originale.

Aʀᴛ. 5. — Tout débitant d'éditions contrefaites, s'il n'est pas reconnu contrefacteur, sera tenu de payer au véritable propriétaire, une somme équivalente au prix de cinq cents exemplaires de l'édition originale.

Deux exemplaires de cet ouvrage ont été déposés à la Bibliothèque impériale.

Signature de l'Auteur :

A NAPOLÉON III.

Prince, je te dédie un livre, mon ouvrage ;
Trop heureux si je puis, en t'en faisant hommage,
Obtenir un regard, un encouragement
Qui dise : continue, et je serai content.
Mon but, en écrivant, est de chanter la gloire
Du plus grand des héros chéris de la victoire,
Du soldat parvenu, du grand Napoléon,
Qui fit trembler le monde en prononçant son nom.
Je n'ai point réussi ; car la voix des poëtes
N'égalera jamais la grandeur des conquêtes
De l'homme qui fut tout, soldat, législateur,
Et fit de ses sujets la gloire et le bonheur.

Lucien Charbonnel.

GUERRES D'ITALIE,

POËME HISTORIQUE

SUR

NAPOLÉON - LE - GRAND.

CHANT PREMIER.

Prise de Toulon.

Je chante les hauts faits d'un héros sans pareil,
Dont les doux souvenirs ont doré mon sommeil.
A ce nom le Français vient retremper sa gloire :
Peut-on de l'Empereur oublier la mémoire ?
Pense au grand pronostic, jeune et vaillant guerrier,
Que naguère pour toi faisait Ducolombier.
Tu seras capitaine en moins de deux années ;
Fais respecter la France aux pieds des Pyrénées :
Tu seras Général, je t'en vois le talent,
Comparable à César, comme lui conquérant ;
Ton épée est l'honneur du régiment La Fère :
Il aime les talents, il te chérit en frère.
Jeune héros, tu pars sous les murs de Lyon ;
Adieu, cher Lieutenant, adieu, Napoléon.
En partant de Douai pour regagner Auxonne,
Là, reste trois hivers et de plus une automne

Il consacre ses jours au cabinet Lombard.

En voyant des canons, il dit comme Bayard :

Voilà pour affermir les nœuds de l'alliance ;

La bombe et les boulets sauveront notre France.

On s'agite dans Surre, au couvent de Cîteaux :

Les moines révoltés vont aggraver nos maux ;

Mais Bonaparte arrive avec d'Argenbouville,

La révolte s'apaise au couvent, à la ville ;

Le jeune Bonaparte est nommé Lieutenant :

Gloire à quatre-vingt-dix, à son avancement !

L'exalté patriote en main brandit son arme :

Partout tonne l'airain, c'est le canon d'alarme ;

La France est tout en feu, on n'entend que rumeurs ;

Le Lieutenant observe à fond tous les meneurs,

Consultant ses amis, Sorbier, Lariboissière,

Et Desmazzis Cadet est aimé comme un frère ;

Camarades de route, ils vont au Mont-Cenis.

Le voyage a pour but de sonder le pays.

Vers l'an quatre-vingt-douze il est fait capitaine.

Le dix-huit août Paris perdit le roi, la reine,

Et nous valut la guerre avec les fiers Anglais.

Paoli, gouverneur, vendait le sol français ;

Car pour livrer la Corse, il l'avait désarmée.

L'habile Capitaine organise une armée ;

L'Anglais tout furieux embrase Ajaccio,

Ainsi que la maison du jeune et grand héro.

Sa famille à l'instant s'embarque pour Marseille.

Quand la tempête gronde, ainsi rentre l'abeille.

Notre guerrier bientôt retourne sur Paris ;

Il apprend que Marseille a trahi son pays ;

Que Toulon s'est vendu. . . . Malheureuse Provence,

Qui porte un coup mortel à notre belle France !

Le Général Cartaux soumet les Marseillais,

Qui venaient de livrer leur marine aux Anglais.

La gorge d'Ollioul avait été sommée,

Puis offerte à l'Anglais qui battait notre armée ;

Le Comité demande un habile artilleur :

En cherchant le guerrier, on trouve la valeur.

Le Conseil hésita, mais voyant sa prudence,

Il fit choix du héros qui dut sauver la France.

Mais qu'était-ce ? un soldat : c'était Napoléon,

Qui, remportant les voix, est fait chef d'escadron.

Au port vient Bonaparte, il visite la rade ;

Cartaux ne voit en lui qu'un frêle camarade :

Le Général se dresse, et d'un air goguenard,

Il frise sa moustache et lui lance un regard :

Citoyen, ton service est, je crois, inutile ;

Demain tu les verras s'enfuir de notre ville ;

Nous serons, Commandant, certes, victorieux;

Pour un premier début, on n'est pas plus heureux.

Mars, en te protégeant, va te couvrir de gloire,

Dès qu'à tes jeunes ans il promet la victoire :

Crois-moi, cher camarade, et sois bien convaincu

Que demain à cette heure il aura fui vaincu.

Le jeune Commandant, voyant la forteresse,

S'écria stupéfait : en voici de l'adresse !

Des canons hors portée, ensemble essayons-les;

A peine s'ils iront à cent pas des Anglais.

La terre, sous nos feux, tremble dans ses entrailles;

Nos boulets, sans succès, labourent les murailles;

Albion s'en réjouit, croit à notre abandon,

Mais Gasparin paraît devant Napoléon :

Représentant, voyez... l'erreur et l'ignorance

De tout ce qui m'entoure asservira la France,

Au nom de la Patrie ! un pouvoir absolu;

Je reprendrai Toulon, qu'il me soit dévolu.

Saisi d'étonnement, Gasparin le regarde :

— J'y consens, et je mets Toulon sous votre garde.

Ordonnez, commandez, achevez ces travaux;

Le talent est le chef des enfants libéraux.

Citoyen, vous aurez sous vos ordres le siége.

Ainsi l'Aigle grandit, en échappant au piége.

Gassendi le rappelle, et dit : à l'arsenal !

Le moment est venu de faire un général.

Bonaparte est armé d'un brillant cimeterre ;

Dans ses yeux enflammés est le feu de la guerre.

Il remporta dès lors, à l'honneur des Français,

Un succès que César n'eût espéré jamais.

Au ciel est son espoir, après l'artillerie ;

Il n'a pour ennemis que ceux de la patrie ;

Il anime l'armée, il combat dans Toulon,

Le soldat se demande : est-ce Napoléon ?

Mes amis, leur dit-il, il nous faut du courage ;

C'est en brisant ses fers qu'on sort de l'esclavage ;

Au mot de liberté, vous me semblez heureux ;

Ce cri chez les Français fut toujours glorieux.

La bataille gagnée, ayez-en la mémoire ;

Le destin nous élève au faîte de la gloire.

J'entends ces cris de France : enfants des libéraux,

Reprendrez-vous Toulon, ainsi que nos drapeaux

Bonaparte soudain sur la brèche s'élance,

Pour montrer aux Anglais ce que vaut sa présence ;

Hachant les canonniers , Espagnols, même Anglais ;

Dugommier s'écria : l'Immortel aux Français.

Le Corse commanda Muiron à l'embrasure ;

Aussitôt il débouche, et d'eux fait balayure,

Prend leurs positions, courage sans égal.

Il voit tout l'embarras de Hood leur amiral,

Qui voudrait lever l'ancre et puis cingler au large,

Quand de nuages noirs le ciel partout se charge.

Mais Bonaparte en flanc attaque leurs vaisseaux.

Déjà le désespoir saisit leurs généraux :

De si forts qu'ils étaient, ils ont perdu la rade.

Notre héros vainqueur, dit : allez, camarade,

Allez vous reposer... Vous aussi, Général,

Plus heureux que Doppet, vous aurez l'arsenal ;

Vous l'aurez embrasé ; désormais sans ressource,

L'Anglais pour se sauver a préparé sa course ;

Honneur à nos guerriers ! O le superbe jour !

La France va renaître et briller à son tour.

Citoyens, désormais, en montrant l'Italie,

Nous leur ferons savoir ce qu'est l'artillerie ;

Car, demain, les Anglais brûleront leurs vaisseaux ;

Et le traître, avec eux, échappe à leurs bourreaux.

En vendant la patrie, ainsi que notre armée,

Oh ! combien cette ville a souffert affamée !

Le lendemain matin chargent nos grenadiers ;

Anglais, Napolitains, cèdent à nos guerriers :

Oui, le fier Espagnol gardera la mémoire,

Que quatre nations ont perdu la victoire ;

Et toi, fameux Junot, dis à l'ami Duroc
Que l'orgueilleux Anglais a rompu son estoc.
Je pense au fanatique, à l'idole Culotte,
Le vainqueur de Toulon le fera patriote;
Voyez le Comité de Barras et Fréron,
Qui voulait évacuer sans reprendre Toulon;
Plutôt, j'aurai reçu cent coups de bayonnette,
Avant que de laisser aux Anglais la conquête.
Déjà la Renommée a fait le peuple heureux.
Bonaparte vainqueur monte un coursier fougueux;
Et fuyant les honneurs, qu'appelle sa vaillance,
Il chasse les tyrans qui dévoraient la France;
Son coursier, au galop, a le buste en avant;
Jupiter rend le foudre à l'Aigle conquérant:
L'animal est tout fier du Héros qu'il emporte;
Comme il dresse la tête en quittant la cohorte !
Il hennit, il s'élance, en marchant le premier,
Et superbe, il fend l'air, ainsi que l'aigle altier.
En franchissant la route, il n'est rien qui l'arrête,
Courant avec ardeur de conquête en conquête;
On vole à son passage, il est partout fêté;
Le jour d'une bataille ajoute à sa gaîté;
Chatouillant notre orgueil, il a sauvé la France,
Après avoir conquis l'olivier de Provence.

Les Alpes.

L'enfant de la victoire a comblé tous nos vœux ;
D'un glaive flamboyant il s'arme radieux ;
Bonaparte est nommé dans notre artillerie.
Est-il temps, chers Français, d'éveiller la patrie ?
En passant par le Rhône, il ouvre des travaux,
Qui sauvent la Provence et ses riches côteaux ;
De là, vole vers Nice, et de Nice à l'armée ;
La Sardaigne est tremblante et Vienne est alarmée.
Il arrive, il commence à faire un armement ;
Le vieux Dumarbion en est le commandant ;
Partout le foudre ordonne aux troupes des consignes,
Et de l'infanterie il en forme deux lignes :
L'une, à Saergio, bat les Piémontais.
Des Alpes la seconde a franchi les sommets.
Ricard, représentant, admire leur vaillance ;
L'immortel Masséna comme un torrent s'élance,
Filant par la Corniche et d'Onille à Roya.
Mais le Français, vainqueur, longe la Nervya,
Débouche en Piémont, par ses limpides sources :
Partout, ce beau pays nous combla de ressources ;
Nos soldats ont vaincu par l'intrépidité ;
Saergio se rend au cri de liberté ;

Les Savoisiens fuyaient, en troupes divisées ;

Les routes de leur sang sont partout arrosées :

Le plan de Bonaparte entrava tous les trains,

Et quatre-vingts canons restèrent en nos mains.

Marchant sur la Dégo, guidé par la victoire,

Le jeune général se couvre encor de gloire ;

On redoute déjà son sublime talent.

Le fallacieux Aubry, jaloux du conquérant :

Vous comptez, lui dit-il, sur notre infanterie.

Bonaparte répond : je veux l'artillerie ;

Je sais quels sont mes droits comme votre pouvoir ;

Je connais mon état, vous devez le savoir.

— Vous êtes un peu jeune et d'une faible taille.

— On vieillit promptement sur un champ de bataille,

J'en arrive à l'instant.. . témoins les libéraux,

Si l'on est assez vieux pour gagner des drapeaux.

Ministre inexorable, appréciez l'ouvrage :

Le cœur est tout chez l'homme, on s'en prend à son âge ;

J'ai six lustres passés, je le jure céans;

J'ai combattu des vieux, j'ai vaincu des talents.

Je désire en finir. . . reprenons notre affaire ..

Suis-je encor artilleur ou démissionnaire ?

— Général, vous pouvez d'ici vous retirer,

Il faut qu'on obéisse à qui doit commander.

Pour juger du héros les talents, la prudence,

Il fallut voir l'armée aller en décadence ;

Sous ce bon Général, ce vaillant Kellermann,

Sans être aussi fameux que fut Coriolan,

Ignorant l'artifice, au sein de nos armées,

Remportant la victoire aux pieds des Pyrénées,

Sans pouvoir s'assurer tout le Ligurgien

Il veut regagner Nice, on a son bulletin :

L'alarme s'en répand au sein du populaire,

Mais Bonaparte y vole : Aubry ne sait que faire,

L'Aigle ordonne une ligne, et sauve Bargetto ;

En resserrant l'armée avant Scampativo,

Son grand plan conserva les rivages de Gènes.

Mirabeau haranguait la France en Démosthènes.

Kellermann, rappelé, remplacé par Schérer,

Ce brave Général rentre au quartier d'hiver.

La France touche au Treize. O fatale journée !

Au Treize Vendémiaire... Oh ! la funeste année !

Schérer et Kellermann furent victorieux ;

L'un l'autre, ne pouvant s'emparer de ces lieux,

Ils gagnaient la bataille, en perdant la limite ;

La victoire n'est rien, à moins qu'on n'en profite :

J'admire Bonaparte, il mérite un laurier,

Car il fut diplomate et sublime guerrier.

Nous touchons à l'An Trois, chute de Robespierre ;

La Convention tombe et son chef sanguinaire ;

L'honnête homme renaît au sein de ses travaux ;

La hache meurtrière a frappé nos bourreaux ;

Devant Dieu le Chrétien en priant s'agenouille,

L'airain tonne de joie, et le tranchant se rouille ;

Gloire en est au Héros, qui toujours fut vainqueur.

Si la France respire à l'abri du malheur,

A qui le devons-nous ? à son artillerie ;

Par elle il fut nommé sauveur de la patrie ;

Général sans pareil, il guida nos guerriers,

En les couvrant toujours de myrte et de lauriers.

Les siècles à venir, honorant sa mémoire,

Publiront ses hauts faits et sa brillante histoire.

La France est épuisée, elle trouve un sauveur :
Bonaparte lui rend son antique splendeur ;
Relevant nos autels, de même que nos prêtres,
Il nous ramène au Dieu qui créa nos ancêtres.
L'ennemi de la France a relevé le front :
Pichegru nous vendait, d'accord avec Lafont.
Gloire à Quatre-vingt-Treize, ainsi qu'à Bonaparte,
Qui recrute une armée, et dit : je veux qu'on parte :
Le domaine est sans prix, plus de recrutement ;
L'emploi des assignats perd le Gouvernement ;
Tout traînait en langueur, mais il restait l'armée.
Hélas ! que la Patrie a souffert affamée !
Après tant de malheurs, après tant de fléaux,
La France en va sortir, grâce à ses généraux :
Oui, grâce à leurs efforts, à leur noble vaillance,
Ce beau pays verra fuir l'horrible souffrance.
Les étrangers jaloux, nos ennemis cruels,
Traitaient les libéraux comme des criminels ;
Déjà les noirs complots, ainsi que leur manœuvre,
Entravaient nos lois même, au principe de l'œuvre ;
La France est aux abois, sans crédit et sans or.
La Garde se révolte au mois de Thermidor.

Garde Nationale, est-ce à ton chef sectaire,
D'écouter humblement la superbe Angleterre ?
Mais le Vingt-Trois Septembre est le cruel signal,
Car la guerre civile est le cri général.
On proclame des lois, lois additionnelles,
Qui rallument, hélas ! nos anciennes querelles ;
La Charte cependant, si chère aux cœurs français,
Vint inscrire ses lois aux lambris des palais ;
Elle est pendant longtemps l'appui de l'innocence,
Et le code chéri de notre belle France.
Au milieu de Paris est l'agitation ;
Menou veut soutenir la Constitution,
La terre tremble au bruit du canon sectionnaire ;
Menou se voit bloqué, n'ayant plus qu'à se taire.
C'est une guerre à mort... Oh ! pays malheureux !...
Le jeune général au Ciel a fait des vœux
Pour éteindre la guerre... ah ! la guerre civile !
Pour protéger les lois et Paris notre ville,
Il nous reste un Phénix, entre nos généraux ;
Bonaparte est toujours le remède à nos maux ;
On connaît du Héros la fraîche renommée,
Son invincible bras a commandé l'armée ;
Il hésite, il accepte, il craint pour son honneur :
Quoi ! l'étranger de nous se dirait le vainqueur !

Après la liberté, nous aurions l'esclavage !
Quand le tonnerre gronde, il faut craindre l'orage.
Le Comité lui donne un souverain pouvoir :
Mon pays, avant tout, commande mon devoir ;
Français, sauvons la France, et veillons à sa gloire ;
Ses chaînes tomberont au champ de la victoire.
Le lendemain l'émeute est en pleine action ;
Aussi, de grand matin, l'on vit Napoléon.
Oh ! fatale journée... Au Trois Vendémiaire,
Déjà gronde l'airain, au sein du populaire ;
Berruyer, Bonaparte, assistés de Cartaux,
Va-t-on combattre, hélas ! ces trois grands généraux ?
On bat la générale au cri d'amour, patrie ;
Dans la ville on ne voit que guerre, que tuerie :
De l'hôtel de Noaille est parti le signal ;
Lafont longe le quai, tourne le pont Royal ;
Là, débouche à leur tête... On taille sa colonne,
Trois fois se ralliant sous le canon qui tonne ;
Partout ce sont des cris et des ruisseaux de sang,
Partout l'artillerie a démembré son flanc ;
Oh ! spectacle cruel... Ah ! funeste journée !
La Seine en a gémi, roulant emprisonnée.
Le Général poursuit, Lafont est désœuvré ;
Partout est la déroute et Saint-Roch enlevé ;

Auprès de la Marine on a barré la rue
Saint-Florentin : j'y vois une grande cohue ;
Paris est encombré de pavés, de tonneaux ;
Danican, Pelletier, regrettaient leurs signaux.
Il nous reste Barras, et tout le Directoire,
Haranguant le Français, qui ne veut plus le croire.
Mais notre Aigle triomphe ; il a tout terrassé.
Le Directeur Barras est presque renversé :
L'aimable Eugène en pleurs réclame son épée ;
Ses yeux étincelants annoncent un Pompée ;
C'est le glaive d'Eugène, Eugène Beauharnais,
Mort pour la République en bon soldat français.
— De grâce, écoutez-moi, rendez-les-moi ces armes,
Que je veux devant vous arroser de mes larmes ;
Je suis à vos genoux d'anxiété tremblant.
— Relevez-vous, venez dans mes bras, mon enfant,
Vous aurez cette épée, elle est votre héritage,
Du monde elle a voulu détruire l'esclavage ;
Prenez-la, je vous l'offre, et soyez un héro ;
Qu'elle serve à nous rendre un jour maîtres du Pô.
Bonaparte à l'hymen offre aussi l'alliance ;
La gracieuse veuve admirant sa vaillance,
Lui dit : Je suis à vous, mais d'un air martial,
Fière de posséder ce fameux Général.

Le Héros est aimé de tout le Directoire,
Et marche au champ d'honneur, pour conquérir la gloire :
Il arrive au combat, on rappelle Schérer,
Qui doit vaincre un pays qu'il ne peut s'assurer.
Il gagne à Loano. . . Gloire au Chef, à l'Armée ;
Schérer vient sur Roya, la guerre est acharnée ;
Déjà de Bonaparte on connaît la valeur,
Il montre à ses guerriers le chemin de l'honneur :
Souvenez-vous, Français, qu'en vous j'ai confiance ;
Pour sauver la Patrie il n'est que vous en France.
Il faut vaincre ou périr, il faut briser vos fers :
Guerre à tous les tyrans, fléaux de l'univers !
Vainqueurs de l'Italie, on sait que l'Allemagne
Eut pour maître jadis le fameux Charlemagne ;
Enfants des vieux Gaulois, entendez vos aïeux,
De notre beau pays défenseurs glorieux.
Mais un cri général soudain se fait entendre :
Que la France soit libre ! Au combat sans attendre.

Montenotte.

Soldats ! vous êtes nus, sans souliers, mal nourris,
Vous souffrez sans vous plaindre en Français aguerris ;
Il faut vaincre ou mourir, enfants du Directoire :
Vous aurez l'abondance après notre victoire ;
Dans les champs d'Italie acquérez vos lauriers,
Enlevez Montenotte, écrasez ses guerriers ;
L'armée Autrichienne est trois fois plus nombreuse :
Que la nôtre soit donc trois fois plus valeureuse.
Beaulieu sort du Piémont pour chercher un abri,
Quand notre Général l'a chassé de Voltri,
Disant à nos Français : cohortes magnanimes,
Secondez mes efforts par vos efforts sublimes ;
Vainqueurs des bataillons Allemands, Piémontais,
Soyez toujours humains, nobles soldats français ;
Partout nos ennemis vivent dans l'abondance,
Le pain vous manque à vous, et l'argent à la France :
Vous aurez des souliers, des habits et de l'or,
Des drapeaux, des honneurs ; que voulez-vous encor ?
Vos familles, soldats, sur vous fixent leur vue ;
De vous tous je suis fier en passant la revue !
La France est attentive et compte vos hauts faits ;
Par la mort, s'il le faut, méritez ses bienfaits.

Après cette harangue assez démocratique ,
L'écho redit longtemps : Vive la République !
Vive la liberté ! Le vainqueur de Toulon !
Le petit caporal, fameux Napoléon !
La phalange s'ébranle, elle est tout animée,
Sur sa droite, à l'instant, se porte notre armée;
Le brave Serrurier vole à Garezzio ;
Augereau non moins brave a gagné Loano,
Laharpe est à Voltri, nuit et jour il observe ;
L'illustre Masséna commande la réserve;
Les peuples d'Italie accueillent nos héros
Et font cause commune avec les libéraux ;
Et Savone et Final sont sur la défensive,
Quand déjà notre armée a repris l'offensive ;
Mais Gène est menacée, après ce coup porté ,
Tous nos soldats vainqueurs gagnent la liberté ;
Beaulieu coupé partout, fuyant dans sa retraite,
Rencontre le vainqueur enivré de conquête ;
Il essuie un combat qui démembre ses rangs;
Tous nos républicains lui tombent sur les flancs;
Beaulieu fond sur Novi, le cœur bouillant de rage :
On pousse son armée, en trois on la partage ;
Elle coupe la route et veut l'intercepter ;
Mais notre Général, semblable à Jupiter,

A Moite Legimo va donner la déroute

A Beaulieu qui veut fuir le danger qu'il redoute ;

Il marche sur Voltri, croit y trouver céans

Et Laharpe et Rampon, vainqueurs depuis longtemps.

Bonaparte d'un trait s'élance à Badebonne ;

Augereau, Masséna, regagnent sa colonne,

Filant sur Montenotte avec Napoléon

Et le corps de Laharpe et celui de Rampon ;

Augereau, Masséna vont l'attaquer en queue :

L'ennemi rompt son flanc, se déborde une lieue ;

L'Aigle est à Montenotte, et le brave Beaulieu

S'éloigne du Piémont, il court, sans feu ni lieu,

Rassembler ses soldats et cherche dans la fuite

Un fort pour s'abriter et pour la nuit un gîte ;

C'est sur Millésimo qu'il dirige ses pas,

Quand le guerrier l'apprend, au milieu des combats.

C'est le quatorze Avril qu'il vient livrer bataille

Et que nos ennemis tombent sous la mitraille ;

Même à Millésimo, dans tout la Milanais,

Augereau les combat en tête des Français.

La guerre éclate encor par une perfidie :

L'Aigle de France est là, dompte la Lombardie ;

Augereau, par la gauche, est sur Millésimo ;

Masséna, Bonaparte ont marché sur Dégo ;

Là, Ménars et Joubert, guidés par la vaillance,

S'illustrent dans le camp en défendant la France ;

Tous les corps étrangers, dans ces fameux combats ,

Laissent canons, drapeaux, à nos braves soldats ;

Le général Beaulieu se jette sur Chérasque,

Redoutant le Héros plus agile qu'un Basque ;

Nuit et jour poursuivi le glaive dans les reins,

Quand le vingt-cinq Avril ils en viennent aux mains ;

Beaulieu donc voit encor partager son armée

Par un combat fatal qui perd sa renommée.

On marche sur Dégo, Lanne est partout vainqueur,

Bonaparte l'apprend, il connaît sa valeur ;

Pour l'en récompenser, au nom de la Patrie,

Il le fait Général dans notre Infanterie.

Après Dégo rendu, le Général français

Met l'Autriche en échec et bat les Piémontais ;

Dans sa fuite Beaulieu s'organise en déroute,

Recrutant des fuyards qu'il rencontre en sa route ;

Colli le Piémontais est chassé de Céva,

Il vient se retrancher devant Cursaglia ;

Mais Serrurier l'attaque avec l'infanterie,

Le valeureux Stingel bat leur cavalerie ;

Pour les pousser en plaine il double ses efforts ;

Mais il tombe bientôt sur des monceaux de morts.

Tout le monde admirait sa superbe vaillance :
Honneur à ce guerrier qui mourut pour la France !
Le Colonel Murat, officier de valeur,
En remplaçant Stingel est comme lui vainqueur.
Déjà de Mondovi la bataille est gagnée,
Sur un ordre à l'instant la troupe est alignée ;
Bonaparte en vainqueur s'élance sur Spino,
Il triomphe à Chérasque et même à Loano ;
Colli veut rejeter en dehors des frontières,
Du vaillant Augereau les colonnes guerrières.
Déjà notre avant-garde a passé la Stura ;
Nice se livre à nous après Pont-de-Vira ;
Les Français ont Chérasque et son artillerie,
Ses drapeaux, ses soldats et sa cavalerie ;
Nous avançons toujours : près d'entrer à Turin,
Les cœurs sont attérés le Vingt-sept au matin ;
Chacun tremble, et le Roi qui sait le précipice,
De Lacoste et Lacour accepte l'armistice.
Céva, Coni, Tortone ont cédé par devoir :
Le comte de Ravel en avait le pouvoir.
Il quitte Alexandrie et Suze et la Brunette.
Pour peindre ces hauts faits, Phœbus, rends-moi poëte !
Aide à ma muse, Orphée ! elle frémit, hélas !
Dès que de Bonaparte on chante les combats :

Vingt-cinq mille soldats pris ou taillés en pièces,

Et puis vingt-un drapeaux et cinquante-cinq pièces

Tombent entre nos mains ; nos voisins envieux

D'un air épouvanté fixent sur nous les yeux ;

Quand notre Aigle en avant, guidé par la Victoire,

Aux Alpes va porter la loi du Directoire,

Et, toujours rayonnant d'une noble fierté,

Aux pays qu'il soumet donne la liberté.

Il traverse en courant la superbe Italie :

L'Allemand a tremblé pour sa chère patrie.

Quand vient le grand Murat, courbé sous les drapeaux,

Au Corps Législatif apporter ses cadeaux.

O Colonel Murat ! brillant foudre de guerre,

Ton coursier sous ses pas faisait trembler la terre.

Tu rends l'enthousiasme au Corps Législatif.

Hélas ! pourquoi, Pégase, es-tu pour moi rétif !

Quand tous nos Députés décernent la couronne

A l'Armée, à son Chef, au vainqueur de Crémone.

Bonaparte surpasse encor Pierre le Tzar,

Il efface Alexandre et Pompée et César !

CHANT CINQUIÈME.

A l'Italie.

Grands peuples d'Italie, il faut rompre vos chaînes,

Et chasser vos tyrans pour alléger vos peines.

Le Français des Romains est le sincère ami,

Secondez nos efforts d'un courage affermi.

Allons, volez vers nous en pleine confiance,

Ouvrez enfin vos bras aux enfants de la France,

Qui pour vous franchiront tous les Monts Apennins.

Aidez-nous à chasser vos tyrans inhumains.

Venez ! fils de César, enfants de l'Italie,

Que l'étendard français ensemble nous rallie.

Par vous, la liberté des bords du Tanaro

Dans son rapide essor vole au delà du Pô.

Déjà s'étend la guerre aux rives de l'Adige,

Bonaparte en avant nous annonce un prodige :

En tête de trois mille invincibles guerriers,

Suivi de vingt canons il cueille des lauriers.

Il combat l'ennemi de notre République

Et la France s'étend jusqu'à l'Adriatique.

Il marche sur Plaisance, il s'empare du Bac,

Il entre dans la ville, il y forme un bivouac ;

Quand l'invincible Lanne eut traversé le fleuve,

D'un courage admirable il a donné la preuve ;

Débarquant sur la rive il fond sur les hussards,

Il les met en déroute et poursuit les fuyards;

L'avant-garde française arrive au pas de charge

Et vient franchir le Pô de trois cents toises large.

A ce succès, l'Autriche est tout en mouvement :

Lipaty dans Pavie arrive en combattant.

Soldats, dit Bonaparte aux enfants de la France,

Culbutez Lipaty, le voilà qui s'avance.

A ces mots par la gauche on vole l'attaquer,

Dallemagne à la droite est pressé d'avancer.

Le calme s'établit et prélude à la gloire

Des Français qu'a toujours secondés la Victoire.

Lansuse est sur le centre, il cerne Lipaty,

Le cri, *sauve qui peut !* partout a retenti.

L'Autrichien défait, dans l'espace d'une heure,

Cède à notre phalange en nombre inférieure;

Il perd en combattant deux mille prisonniers.

Bonaparte avait dit : en avant, grenadiers !

Recevez bien Beaulieu conduisant son armée,

Si du Pô vient vers lui l'ingrate renommée.

Laharpe et l'avant-garde ici sont en éveil,

Déjà Beaulieu s'approche, et sonne le réveil;

Mais entre l'avant-poste un feu nourri s'engage,

Sur Beaulieu l'on entend partout gronder l'orage.

Laharpe, en un clin d'œil, a monté son coursier,
Il part en découverte, en habile guerrier ;
Voyant que l'ennemi s'est sauvé dans la plaine,
Il revient sur ses pas, mais le malheur l'entraîne :
Il se trompe de route, et, trop cruel destin !
Ce brave, hélas ! succombe et meurt de notre main !
Cette mort imprévue au camp rend la tristesse,
Berthier du Général prend la main et la presse,
Il harangue l'armée et fait tarir ses pleurs.
Bonaparte est toujours l'appui des trois couleurs :
Laharpe est mort, dit-il, laissez pleurer la France,
Et vous, braves soldats, songez à sa défense ; •
Elle compte sur vous, vous êtes son espoir ;
Sa mort n'est point un crime, on a fait son devoir.
Soldats républicains, oubliez votre alarme,
Votre Chef a signé l'armistice de Parme,
Et vous triompherez au milieu de vos maux
Si l'ennemi vaincu vous laisse ses drapeaux.
Le soldat se ranime après cette harangue ;
Le vieux guerrier au camp a retrouvé sa langue.
Bonaparte soudain fait marcher sur Lodi
Pour attaquer Beaulieu par un élan hardi.
Celui-ci de la route occupait la chaussée :
Le foudre nous commande, on la voit enlevée.

3

L'ennemi ralliant sans cesse ses guerriers,
Bonaparte en avant charge ces grenadiers :
La phalange en déroute a dans les reins l'épée,
Leur armée en désordre au fer s'est échappée.
Mais Beaulieu s'organise à gauche de l'Adda.
Le Général français avait dit : nenni dà.
Seize mille soldats à gauche de la rive,
Et ses trente canons gardent la défensive.
Beaumont, longez le fleuve, et le passant au gué
Sans perdre une minute, allez, cher délégué,
Prenez en flanc l'armée et soyez invincible.
Partout le grand guerrier toujours prompt, impassible,
Range nos grenadiers et nos porte-étendards.
On forme la colonne en dehors des remparts ;
Mais le foudre à leur tête a commandé la charge,
Et par un simple à-gauche il fait une décharge,
Il s'élance en avant et tombe sur le pont.
Déjà de l'ennemi nous attaquons le front :
L'autrichien recule, on voit l'infanterie
Crier : sauve qui peut ! sans son artillerie.
La colonne s'arrête aux bords de la Créma :
Ce plan est le plus beau que le héros forma.
Des canons, des drapeaux gagnés pour notre France,
Des prisonniers, des forts et partout l'abondance.

Bonaparte a chassé l'ennemi sur-le-champ,

Et le pousse sans cesse en dehors de son camp.

La phalange française est sur Pizzighitone

Et sa cavalerie est passée à Crémone.

L'Autrichien défait marche sur l'Oglio.

Partout notre aigle avance et triomphe en héro.

On voyait en tous lieux les villes étonnées

De tant de beaux combats livrés en trois années.

Sa troupe, ivre d'orgueil, défile dans Milan

Sous un arc triomphal. Ah! le superbe élan !

Bonaparte est vainqueur; il tient la Lombardie,

Fruit de tous les hauts faits d'une guerre hardie.

Le fier Italien adopte trois couleurs :

Le vert, le rouge et blanc saluant les vainqueurs.

Le vingt Mai l'armistice offre une belle scène

Par le Traité de paix du Grand Duc de Modène.

La France est enivrée au sein des libéraux ;

Ce n'est partout que fête et bruit de généraux.

La République est belle au milieu de sa gloire

Quand la discorde, hélas ! est dans le Directoire,

Qui veut de Jupiter affaiblir le pouvoir.

Est-ce la récompense accordée au devoir?

Pourtant de toute part surgit la renommée

Que le foudre français va quitter notre armée

Qui doit former deux corps, l'un pour Napoléon.
Son courroux fut au comble et certe avec raison.
Le plan du Directoire offrait à Bonaparte
D'attaquer Rome et Naple au nom de notre Charte;
Kellermann sur le Pô marcherait en vainqueur;
Mais le héros refuse, on a blessé son cœur;
Le glaive du guerrier ne peut souffrir d'offense,
Lui qui ne le tira que pour sauver la France.
On lui délègue alors un pouvoir absolu
D'achever le beau plan qu'il avait résolu.
Il méprise le luxe et la vile mollesse;
Il veut la discipline et non pas la richesse :
Sa conduite partout lui vaut mille lauriers;
Toujours le point d'honneur a guidé nos guerriers :
C'est en méprisant l'or qu'il fut digne d'envie.
Le calme cesse, hélas! la guerre est dans Pavie.
Bonaparte à l'instant s'avance vers Milan,
Arrête la révolte à son premier élan.
Mais la guerre civile a gagné l'Allemagne :
On soulève partout la ville et la campagne·
Lannes de son côté marche sur Binasco,
Poursuit les paysans des rivages du Pô.
Le Général, partout veillant à notre garde,
A Binasco rencontre un poste d'avant-garde.

Il s'élance, il poursuit, il bat les insurgés.

On brûle, on pille tout, malgré les préjugés.

Pour entrer dans Pavie on fait briser les portes,

On poursuit l'insurgé, dispersant ses cohortes.

Il entre dans la ville, en tête des guerriers,

Par les brèches que font nos vaillants canonniers.

Il court au grand galop, faisant une décharge,

Et quinze cents soldats marchent au pas de charge.

Partout l'ennemi fuit, en plaine il est sabré.

L'insurgé capitule et se rend de bon gré.

Notre armée, à grands pas, avance en terre ferme,

Et pourtant elle est loin d'arriver à son terme.

Elle est devant Brescia, faisant face à ses forts.

Là, Beaulieu nous attend, il reçoit des renforts.

Il veille nuit et jour, et, prêt à se défendre,

Couvre le Mincio, dans l'espoir de surprendre

Et de tourner Mantoue, il prend position ;

De pied ferme, au combat attend Napoléon.

Mais notre Général concentre son armée

Par de sublimes plans qui font sa renommée.

C'est le trente de Mai qu'il passe le Mincio,

Laissant Peschiera, marche sur Barghetto.

Là, notre armée avise un corps de sept mille hommes,

Nos vieux républicains battent ces gentilshommes.

Le Colonel Gordonne et Murat s'élançant
Entrent dans Barghetto les premiers en avant.
L'intrépide Murat rompt leur infanterie,
Il commande, en avant! à sa cavalerie.
Augereau, Serrurier poussent leurs ennemis,
Mais soudain de soldats, dans le crime enhardis,
Un groupe autrichien vers notre camp s'avance
Afin d'assassiner le Héros de la France.
Bonaparte surpris s'enfuit par les jardins :
Masséna les défait sans en venir aux mains,
Leur faisant une chasse à pas vifs et rapides.
C'est de là que nous vient l'origine des guides,
Que forma Bessière, et qui longtemps fameux,
Guidèrent Bonaparte au milieu de nos feux.
Notre armeé avait fait prodige sur prodige :
Elle occupait Vérone, elle était sur l'Adige,
Quand notre Aigle vainqueur signait le cinq Juin
L'armistice du Roi, Bourbon napolitain.

CHANT SIXIÈME.

Le général Mélas veut porter l'épouvante,
En massant son armée aux environs de Trente ;
A Gênes, le ministre insurge les Barbets ;
Les fiefs impériaux sont armés de mousquets,
Infestant la Corniche au nombre de trois bandes
Et vont se réunir aux troupes allemandes,
Massacrant nos soldats dans leurs cantonnements
Et coupant la retraite à nos détachements.
Partout le Pape s'arme au nom de la justice,
Bonaparte le presse à signer l'armistice
Pour chasser de Livourne à l'instant les Anglais
Et leur factorerie insultant aux Français.
Le maréchal Wurmser, fort de sa renommée,
Veut sauver l'Italie en commandant l'armée ;
Le héros des Français se porte sur Milan,
Et donne aux Milanais, à ses troupes l'élan ;
D'une large tranchée il ceint la citadelle ;
Il harangue le peuple, à ses ordres fidèle ;
Il traverse la ville au sein des libéraux.
L'airain et les mousquets sortent des arsenaux.
Bonaparte à grands pas s'avance sur Tortone,
Et se couvre à l'instant d'une forte colonne ;

Lannes à son tour vole attaquer Arquata ;
Il cerne les Barbets, l'émeute s'arrêta.
La ville s'est rendue, et le peuple est en larmes,
Voyant que les Barbets vont passer par les armes.
Le génois Spinola, ce fameux sénateur,
Des Barbets fut toujours l'ardent agitateur ;
Murat l'aide-de-camp sur un coursier s'élance,
Il arrive dans Gêne au nom de notre France
Et chasse devant lui le trop fier Spinola,
De même l'allemand, le fougueux Girola.
Les Barbets insurgés, battus dans la déroute,
Par des troupes de Gêne ont vu purger la route.
Le Pô déjà se passe au cri de liberté ;
Augereau le vainqueur est de l'autre côté,
Il tombe sur Ferrare, il entre dans Bologne,
L'enthousiasme est grand et gagne la Pologne ;
Vaubois entre à Modène en vrai triomphateur :
Le peuple le reçoit avec joie et bonheur,
On fraternise ensemble au récit des conquêtes,
A Bonaparte on fait mille superbes fêtes ;
Joséphine est chérie à Parme, à Reggio,
A Modène, à Bologne et sur les bords du Pô.
Le Vatican aussi se range sous les armes
Et le Pape est en proie à de vives alarmes,

Demande un armistice, et s'offre à le signer
Bonaparte, tout fier d'avoir pu le gagner,
Traite enfin de la paix même définitive,
Voulant pour la patrie une prérogative ;
Il réserve Bologne à ce traité de paix.
Ferrare et même Ancône entrent au sol français
Et vingt et un millions que le trésor de Rome
Verse à la République ; il complète la somme
En fournissant encor cent objets d'art au choix
Au Louvre de Paris, pour prix de nos exploits.
Le peuple d'Italie endosse l'uniforme
Pour forcer ses tyrans à faire une réforme
Qui pût lui garantir la douce liberté.
Il en a la promesse, on signe le traité.
Du Pape l'armistice assure notre armée,
Son flanc se voit couvert, l'affaire est consommée ;
Comme un trait l'avant-garde a franchi l'Apennin
Pour rejoindre Vaubois par le plus court chemin.
La marche des Français alarme la Toscane,
Vers nous Monfredini vient vider la chicane,
Bonaparte rassure à l'instant le grand duc,
Le prince est méfiant, il est vieux et caduc.
Mais il livre passage aux enfants de la France,
Et notre général comme un torrent s'élance :

Il arrive dans Sienne, en avant est Murat

Qui marche sur Livourne et la prend sans combat.

Murat garde l'avance, il arrive en huit heures,

On fête nos soldats même dans ses demeures.

Murat voulait cerner des nautonniers anglais

Qui, prévenus à temps, échappent aux Français.

L'Anglais voyant partout son commerce qui baisse,

Voue à Napoléon une haîne traîtresse,

Mais Livourne a reçu des Corses plein d'ardeur,

Qui retournent chez eux et jurent dans leur cœur

De chasser les tyrans : la révolte s'avance,

Au nom de liberté, du héros de la France.

On entend, en tous lieux, les cris : mort aux Anglais,

Ils gagnent la montagne en chasseurs écossais.

La déroute assurait la guerre terminée,

L'ennemi fuit, s'embarque en moins d'une journée,

Sur deux ligues l'armée a repassé le Pô,

Le général Béraud marche aussi sur Lugo,

Les colonnes de France ont regagné l'Adige,

Respectant la Toscane et le saint droit de lige.

Tous nos soldats français sont remplis de valeur,

Honorant les vaincus, soulageant la douleur ;

Bonaparte à Florence en faisant sa campagne,

Avait fermé la bouche à la Grande-Bretagne ;

Il marche sur Bologne, il prépare l'élan,
Il parle du château, des remparts de Milan ;
Il cite de Lugo le courage et la force,
Les insurgés fuyant sans brûler une amorce ;
D'un accord refoulant tous les Autrichiens,
La liberté partout fait de bons citoyens ;
Wurmser, leur général, vint prendre l'offensive,
Mais tous les Bolonais sont sur la défensive.
Il retourne à Milan, promet la liberté,
Ordonne des travaux, pousse à l'activité ;
Il parcourt en vainqueur la belle Lombardie,
Elle a brisé sa chaîne, elle s'est enhardie,
Les Français ont l'Adige, en avant de Chiesa,
Bonaparte veillait, toujours il avisa.
Il cherche l'ennemi, le trouvant à distance,
Le foudre au même instant vers leur tête s'avance.
Joséphine, éprouvant de mortelles frayeurs :
Va, Wurmser et Mélas, dit-il, payeront tes pleurs,
Calme-toi, chère épouse, il le faut, bien-aimée,
Car mon devoir m'appelle au sein de mon armée.
L'Autriche a mis sur pied cent mille combattants,
Avant peu, je le jure, elle aura des absents.

Wurmser prend sa revanche et le Conseil aulique
A Vienne avait juré haîne à la République;
Sur Trente est son armée ; elle forme trois corps.
Pour prendre l'Italie, il triple ses efforts ;
En dirigeant sa droite, il longe la chaussée;
De là, sur Chiesa, franchit la traversée;
Son centre, un peu plus fort, est sur Montebaldo,
En prolongeant sa gauche avant Roveredo.
De toutes parts déjà l'agile renommée
Répand que Bonaparte a suivi son armée.
Il devine le plan qu'avait formé Wurmser
Qui rangeait ses guerriers et voulait le cerner.
L Autriche avait juré d'abattre son courage
A l'aide de faux bruits par des coureurs à gage.
Cent mille combattants tombent sur Brescia.
(Pour nous sont Jupiter et Mercure et Maïa).
Pour nous épouvanter, on dit que dans Vérone
Le Soldats Autrichiens pénètre une colonne.
Bonaparte soudain vole à Castel Novo ;
Le général Soret est chassé de Salo.
De loin notre ennemi montrait de l'arrogance,
Et déjà menaçait les soldats de la France;

Mais Joubert, l'attaquant le trente de juillet,
Battit dans Cororat le général Soret.
L'Autriche prend Salo; nos lignes sont poussées;
Mais Bonaparte est là qui les a relancées.
Il harangue sa troupe et lui parle en soldat.
La phalange guerrière est ardente au combat.
Le foudre, bravant tout, prend l'initiative,
Avant que l'ennemi songe à la défensive,
Et mande à Serrurier de lever son blocus,
D'enclouer ses canons, d'en briser les affûts :
Abandonnez Mantoue, accourez sous nos armes;
Jetons les Allemands dans de vives alarmes.
Cachez, brûlez la poudre ou la jetez à l'eau;
Que dans Mantoue enfin l'Autriche ait un tombeau.
A l'instant même il part, sa parole est promise,
L'armée autrichienne est déjà compromise;
Avec acharnement on se bat dans Salo ;
Bonaparte est vainqueur encore à Lonato;
Guieux se défendait bloqué dans Salo même.
Le soldat se ranime en ce péril extrême.
Là, quinze cents Français repoussent six assauts
De six mille guerriers qui se trouvent penauds,
En voyant du renfort accourir sur la route;
Le général Soret là fut mis en déroute.

L'armée Autrichienne arrive avec Wurmser
Pour assiéger Mantoue : on la voit s'empresser.
Ardent, impétueux, il se hâte, il s'élance
Pour en cerner l'enceinte : elle était sans défense ;
Il trouve porte ouverte et des tas de débris
Epars de tous côtés avec les forts détruits.
Le héros de la France ordonne de poursuivre :
On ne l'attendait pas : tout le peuple s'enivre ;
Et Lonato repris par les Autrichiens.
Bonaparte employa des efforts surhumains
Et rentra dans la ville en tête au pas de charge ;
L'armée autrichienne est culbutée au large :
Passe le Mincio le vaillant Général,
Aidé de Saint-Hilaire : on bat le Maréchal ;
La brigade Augereau relance leur colonne,
En poussant l'ennemi hors de Castiglione;
Wurmser est sur Mantoue ; il reçoit des renforts :
Il succombe partout malgré tous ses efforts,
Et reste en cette ville, y perd une journée.
Mais déjà Bonaparte, instruit de sa tournée,
Tombe sur l'ennemi, lui fait des prisonniers :
Nos soldats valeureux se couvrent de lauriers,
Poussant les escadrons de la droite ennemie,
Entravant leur chemin d'une marche affermie,

Cernant vingt bataillons autour de Gavardo,

Qui mettent armes bas devant Saint-Osetto.

Une brigade entière à Lonato s'avance

De cinq mille ennemis : leur Général s'élance

Et nous somme, en leur nom, de céder à l'instant,

Quand Bonaparte arrive et dit au conquérant :

Vous êtes au milieu de la troupe française,

De mon Etat-Major, et vous semblez à l'aise :

N'espérez pas du moins de me faire trembler,

Vous êtes prisonniers : il faut capituler

Sans délai : je l'ordonne, il faut soudain se rendre,

Mettez vos armes bas et sachez me comprendre :

L'armée est réunie et nos soldats vainqueurs

Vont de Castiglione occuper les hauteurs.

Wurmser avait encor quarante-cinq mille hommes.

Notre héros nous dit : vingt-cinq mille nous sommes.

Il livre la bataille en soldat aguerri,

Sur trois points à la fois attaque l'ennemi.

Il donne le signal à toute son armée

Qui s'élance, d'ardeur et d'espoir animée.

La colonne s'agite... elle marche au combat,

Masséna sur la droite au même instant les bat.

Par le centre Augereau, Fiorella la gauche,

Les renverse aussitôt comme l'herbe qu'on fauche :

En flanc, à droite, en face, ils sont pris à revers :
Ils ont beau résister, ils tombent sous nos fers ;
Ils sont tous culbutés ; leur déroute est complète.
Wurmser se ralliant, aussitôt on le jette
Dehors du Mincio qu'il ne peut plus tenir.
Augereau le poursuit dans l'espoir d'en finir ;
Marche à Peschiera. Borghetto s'en étonne,
Quand le vieux Maréchal s'enferme dans Vérone.
Masséna l'attaquant, le force à défiler ;
Aidé de Saint-Hilaire, il culbute Wurmser.
Bonaparte, à son tour, qu'aucun péril n'étonne,
En poudre réduira les portes de Vérone.
Soudain il les enfonce à grands coups de canon.
En tête des soldats entre Napoléon.
Il s'élance vainqueur au centre de la ville,
Ayant contraint Wurmser à brûler sa flottille.
Son armée à grands pas gagne Montebaldo
Pour aller s'affermir sur la Roca-d'Anfo.
Masséna, Saint-Hilaire enfoncent la colonne
Qui tombe à rangs pressés sous le canon qui tonne.
Les uns passent l'Adige avant nos grenadiers :
Sans cesse nos soldats se couvrent de lauriers.
La liberté partout grandit en Italie.
On danse, on fraternise au sein de la folie :

Modène, Reggio, comme le Milanais,

Aussi bien que Bologne encensent les Français.

Mais l'ennemi parut dominer à Crémone,

Même à Rome, à Pavie et dans Castiglione.

Mais à Casal Major, le Français irrité

Est en butte aux Viennois que suit la Papauté.

Déjà le fier Romain, le cœur plein d'arrogance,

Méditait de chasser les soldats de la France.

Les Français dans Mantoue en tout temps font le guet.

On charge du blocus le fameux Sabuguet.

Pendant tout le mois d'août , là, Wurmser se recrute,

S'il n'a pas la victoire, il tombe sous la lutte.

Il a dans le Tyrol vingt mille combattants,

Et dix mille de plus viennent grossir ses rangs.

Il revient sur Mantoue, il a renforcé Trente.

Le général français l'attend, s'impatiente :

Il apprend qu'il s'approche en longeant la Brenta,

Mais le héros de France à l'instant l'arrêta,

En prenant l'offensive en tête de l'armée

Qui d'une ardeur guerrière est toujours enflammée.

Il va droit à Wurmser pris en flagrant délit.

Son armée à trois corps, Bonaparte le suit,

On le cerne en chemin, on coupe ses phalanges ;

Toujours ses plans nouveaux méritent des louanges.

Davidowich chargé de garder le Tyrol,
Vingt cinq mille soldats en défendaient le sol.
Wurmser, à Bassano, rassemble son armée.
Déjà volait au loin l'agile Renommée,
Proclamant qu'à l'instant l'intrépide Vaubois,
Auprès de Chiesa met Wurmser aux abois.
Sur la ligné de Trente est sa cavalerie,
Augereau, Masséna, toute l'artillerie,
Viennent franchir l'Adige au grand pont de Pola,
Mais Wurmser apparaît, on le trouve au delà.
Le prince Reuss, au pont, défendait la chaussée;
L'avant-garde et Vaubois l'ont bientôt traversée.
Bonaparte aux Français avait dit : en avant!
Dans une charge heureuse arrêtant le torrent,
Il enfonce l'armée, elle fuit en désordre,
Entre à Roveredo pêle-mêle, sans ordre.
Autrichiens, Français sont entrés tour à tour;
L'ennemi se replie avant la fin du jour.
Davidowich rejoint le quartier de réserve;
Bonaparte à l'instant le poursuit et l'énerve;
Il lui prend ses canons avec vingt-cinq drapeaux;
Et quatre régiments, colonels, généraux,
Trois escadrons entiers de sa cavalerie,
Bagages et caissons, toute l'artillerie,

Sont demeurés aux mains de nos soldats français,

Gage bien glorieux de leurs heureux succès ;

Et l'on vit nos guerriers qui s'élancent dans Trente.

Wurmser sort du Tyrol, son armée est errante ;

La bataille perdue, il fond sur Bassano.

Le vaillant Bonaparte entre à Primolano,

Quand le vieux Maréchal a les yeux sur Mantoue,

Maudissant la fortune et son ingrate roue.

Nos soldats triomphants rejoignent l'ennemi

Devant Primolano; là, d'un pas affermi,

Bonaparte enfonça sa ligne de bataille ;

Toute leur avant-garde a fui sous la mitraille.

Augereau sur la gauche avance en agresseur,

Masséna rompt leur centre, il est partout vainqueur.

L'ennemi dérouté, dans cette matinée,

Du foudre à Bassano maudit la destinéé,

Perd six mille soldats et trente deux canons,

Vingt drapeaux, tous les trains cernés par nos dragons:

Wurmser désespéré va fondre sur Vicence,

Poursuivi, harcelé par les soldats de France.

Il vient franchir l'Adige au pont de Legnago,

Avec tous ses débris sauvés de Bassano ;

Bonaparte voulait le cerner dans Arcole ;

Mais Wurmser prend sa course, et comme un trait il vole ;

Du côté de Mantoue il lance ses soldats,
Eludant avec soin le danger des combats.
Augereau, Masséna, pourchassent son armée,
La République y vole; elle est toute enflammée.
Le Maréchal avait trente mille guerriers,
Dont vingt mille font face à nos preux grenadiers
Il se campe à Saint-George, avant la citadelle,
Voulant passer l'Adige et vider la querelle.
A Legnago débouche Augereau conquérant,
En tête des Français au cœur ferme et vaillant.
Il arrive et s'aligne au combat de Saint-George;
Le feu devient plus vif : du fort on prit la gorge.
Wurmser fait attaquer le général Lebon,
Quand à franc étrier accourt Napoléon.
Masséna, sur le centre, enfonce leur armée
Qui se jette à Mantoue, éperdue, abîmée;
Wurmser a vu périr trois mille grenadiers,
Et, triste, à Bonaparte il cède ses lauriers.

Prise du Pont d'Arcole.

A Vienne, Metternich, le cœur bouillant de rage,
Harangue des guerriers qui font tête à l'orage.
Pour secourir Wurmser qui souffre en son blocus,
On chante un *Te Deum*. L'Empereur est confus :
Pour délivrer Mantoue, il triple ses aimées,
Les phalanges de France, au combat animées,
Bientôt vont s'élancer de Trente et Bassano
Pour regagner l'Adige et défendre le Pô.
Kilmann reste chargé du siége de Mantoue.
La liberté régnait à Rome, dans Capoue,
A Vérone, à Florence, à Milan, à Turin,
En Toscane, en Pologne et sur les bords du Rhin.
Le Romain aux Français de toutes parts s'allie,
Sans savoir qui prendra la superbe Italie.
Deux phalanges d'Autriche entrent dans le Tyrol;
Une autre du Frioul va défendre le sol.
Bonaparte, suivi de ses braves cohortes,
De la fière Vérone a su franchir les portes,
Et sans perdre un moment, dès la pointe du jour,
Il offre la bataille : on entend le tambour.
Alvinzi culbuté, de même que sa garde,
Le vaillant Masséna coupe son avant-garde,

Il l'attaque, il le presse avec rapidité,
Le met hors de combat, sans trève ni traité.
Partout il est défait et sur l'onde et sur terre,
Les blessés, les mourants gisent dans la poussière.
Bonaparte soudain marche avec Augereau.
Alvinzi dérouté fut battu de nouveau :
La nuit, vers l'Occident, il vient tendre ses voiles,
Le ciel devient tout noir, l'azur est sans étoiles.
Vaubois avait perdu moitié de ses guerriers.
L'Empereur comptait bien reprendre ses lauriers.
Alvinzi se flattait de combattre la France
Et jurait que Mantoue aurait sa délivrance.
Il passe une revue, exhorte le soldat,
Il faut vaincre ou périr dans ce fameux combat.
Pour défendre le sol, l'Empire se rallie
Et triple ses efforts pour sauver l'Italie.
Bonaparte à son tour, rassemblant ses guerriers,
De nouveau leur promet des moissons de lauriers.
Soldats, votre moral assure mon armée,
Elle est plus que jamais par la gloire animée.
Redoublez de courage et vous serez vainqueurs :
Les périls ne sont rien pour de si nobles cœurs.
Il s'avance en secret, suivi de ses cohortes ;
Vérone, par son ordre, a refermé ses portes.

Le peuple véronais est dans l'anxiété,
En voyant les Français sortir de leur cité.
Bonaparte se porte à droite de l'Adige ;
Ce mystère inquiète et le peuple s'afflige.
Il est d'un grand matin arrivé dans Ronco,
Et sans reprendre haleine il prend Caldiero,
Jette un pont sur l'Adige et longeant l'autre rive,
De pied ferme l'armée est sur la défensive.
Officiers et soldats devinèrent son plan,
On le suit à l'envi par un superbe élan.
Ses phalanges déjà sur le pont sont passées.
S'il redoute la plaine, il va sur des chaussées.
S'il se voit moins nombreux, il triple sa valeur.
Sur l'Adige Alvinzi s'attend d'être vainqueur.
Nos valeureux Soldats aspirant à la gloire,
Bonaparte toujours leur promet la victoire,
Tombe sur l'ennemi, puis en flanc, puis en front ;
Sur-le-champ il s'élance et repasse le pont,
A droite de Ronco, partie est sur l'Adige.
Sur la route d'Arcole on médite un prodige.
Alvinzi prend courage, il se croit au moment
D'abattre de la France enfin le fier géant.
Vérone alors s'émeut : elle n'est plus tranquille.
L'armée autrichienne est déjà sous la ville.

A l'instant Bonaparte abandonne Alvinzi :
Du projet de son plan le voilà dessaisi.
Le Français en retraite est tout près de Vérone ;
Le peuple épouvanté craint qu'on ne l'abandonne.
Alvinzi s'enfuyait, refusant le combat :
Instruit du mouvement, même du résultat,
Il couvre la Piave, on le voit qui s'avance.
Des bords de la Brenta Bonaparte s'élance,
Tombe sur Rivoli, pour rejoindre Vaubois,
Il harangue sa troupe et la met aux abois :
Le soldat lui répond : mettez-nous d'avant-garde,
Reposez-vous sur nous, votre honneur nous regarde.
Sauver la République a force de succès,
Quoi de plus glorieux pour le soldat français ?
Alvinzi se présente, il s'étend sur l'Adige,
Il longe la Brenta, vers nous il se dirige,
En cherchant à rejoindre aussi Dovidowich.
Ce hardi mouvement atterra le public.
L'armée autrichienue a le marais d'Arcole,
Sa droite Oliveto ; le Français se désole.
Bonaparte soudain s'élance sur le pont :
Il traverse Vérone et prend leur droite en front,
Repousse l'avant-garde et l'armée ennemie :
Par ce grand mouvement sa troupe est raffermie.

Il prend position devant Caldiero.

Alvinzi, devinant les desseins du héro,

Des redoutes se fait un rempart formidable

Qui couvre tout son camp : la place est imprenable.

Le sauveur de la France a fondu sur ce lieu :

L'airain vomit partout la mort avec le feu ;

La plaine est une boue après l'infanterie ;

Nos trains sont embourbés et la cavalerie.

Bonaparte en retraite a regagné son camp ;

Sur l'armée Alvinzi s'avance sur-le-champ ;

Il atteint les Français en moins d'une journée.

Notre héros trembla pour notre destinée.

Il apprend qu'on défait deux corps autrichiens,

Qui remplissaient d'espoir les ligueurs capétiens,

Que Masséna jeta dans les marais d'Arcole.

Alvinzi stupéfait s'écria : quelle école !

L'Empereur se refuse aux termes d'un accord.

Le plomb, l'airain, le fer décideront du sort.

Le terrible boulet siffle dans l'étendue ;

Il sillonne la terre : elle tremble à sa vue.

Les cliquetis du sabre annoncent les douleurs ;

La plaine est toute en feu ; quels seront les vainqueurs ?

Sur Arcole à l'instant Bonaparte s'élance.

Le Croate trois fois sur le Français s'avance,

Pour disputer le pont de la Villa-Nova ;
Il recharge sans cesse au cri de Jéhova.
Bonaparte, appuyé par le canon qui tonne,
Vient fondre sur Arcole, entraînant sa colonne.
Il traverse l'espace, il saisit un drapeau
Qu'il plante sur le pont en lançant son chapeau.
Au milieu du combat sa colonne est rompue,
Il la voit s'ébranler et près d'être battue.
Sauvons notre héros tombé dans le marais
Pour conserver le nom et l'honneur des Français.
Lannes pour l'en sortir fut criblé de blessures.
A l'envi les soldats lui servirent d'armures.
Et plusieurs généraux le couvrant de leurs corps,
Entourent le guerrier, à ses pieds tombent morts.
L'ennemi sur le pont de toutes parts rebrousse.
Le vieux soldat français le charge et le repousse.
Ils franchissent l'Adige et puis Alberedo.
Alvinzi sur-le-champ quitte Caldiero ;
Trop sûr de sa défaite, il longe des prairies,
Et détruit en passant toutes ses batteries.
Le Français, plein d'ardeur, cherche à les rattraper
Pour avoir du butin qui va leur échapper.
Bonaparte aux soldats qu'électrise sa vue,
Dit que, sans leur élan, l'armée était perdue ;

Mais elle se rassure, après tant de lauriers,
En voyant défiler au camp les prisonniers.
Sur le sort de Vaubois on est rempli de crainte ;
En perdant le combat sa phalange est atteinte.
Il abandonne Arcole. Alvinzi, cette fois,
Reprend enfin courage ; il était aux abois ;
Il repasse le pont avec une colonne.
Une affaire s'engage et partout l'airain tonne.
Arrive Bonaparte ; il rompt son premier rang,
Tombe sur Alvinzi, le prend en tête, en flanc ;
Bat deux divisions qu'il jette dans la fange ;
A compter de ce jour, sa position change.
Les Français sur Ronco reviennent par trois fois
Aux bravos répétés des joyeux villageois.
L'armée autrichienne a passé la chaussée ;
Bonaparte la coupe après la traversée.
Le combat fut terrible et longtemps indécis ;
Mais le héros français fond sur les ennemis,
Puis cache dans un bois une forte brigade
Qui s'élance au galop avant la canonnade.
Le brave Masséna, dans ce nouveau combat,
Affronte les périls, enflamme le soldat ;
Comme de vils troupeaux il chasse les Croates,
Qui tous prennent la fuite ainsi que des pirates.

Alvinzi marche en plaine, il ne peut s'y tenir.
Sur-le-champ Bonaparte ordonne d'en finir :
Français, s'écria-t-il, vous aurez la victoire ;
Depuis trois jours entiers vous vous couvrez de gloire ;
Attaquez Alvinzi, ne vous rebutez pas ;
Au milieu de nos rangs qu'il trouve le trépas.
Partout tonne l'airain ; le choc affreux des armes
Et les cris déchirants font naître les alarmes.
Alvinzi fut encor cette fois culbuté :
Pour sauver ses débris il a tout affronté.
Bonaparte, jugeant qu'il n'a plus rien à faire,
Sur un nouveau terrain va transporter la guerre.
Il revient à Vérone en guerrier conquérant,
Tombe sur le Tyrol comme un fougueux torrent.
Il offre fièrement et gagne la bataille ;
L'ennemi prend la fuite à travers la mitraille.
Déjà Dawidovich traverse le Tyrol.
Notre armée aussitôt abandonne ce sol.
Alvinzi recevait du renfort de l'Autriche,
Campé vers la Brenta, rive fertile et riche,
Et commandait encor trente mille Allemands ;
Provera, son second, vingt mille combattants.
Wurmser est plein d'espoir de gagner la Romagne,
De rejoindre Alvinzi, de sauver l'Allemagne.

Bonaparte pourtant ne s'est pas endormi ;

Il suit les mouvements qu'avait faits l'ennemi ;

Il traverse Turin, toute la Transpadane.

On voit les libéraux maudire l'Anglomane.

Joubert livre un combat au bourg de Saint-Michel ;

Il culbute Kerpen, prend son matériel.

De suite Bonaparte a rassemblé ses troupes ;

Pourchasse les fuyards et dissipe des groupes.

Alvinzi le devine, entre à Monte-Baldo.

Le gros de son armée a passé Pipolo.

Le Français a rangé ses phalanges altières ;

Il dispute au combat d'importantes frontières.

On fait un mouvement pour gagner Rivoli,

Le Maréchal toujours d'espoir était rempli ;

Le succès le ranime, il aspire à la gloire ;

Pour sauver son pays il lui faut la victoire.

Arrive Bonaparte, il visite les lieux ;

Dès l'aube du matin on commence les feux.

Joubert à l'instant même a repris l'offensive ;

La bataille s'engage ; elle est partout très-vive.

L'armée Autrichienne a rompu tous ses rangs ;

Encore une déroute à l'approche des Francs ;

Sa colonne de droite est déjà renversée,

Sa colonne de gauche est aussi repoussée ;

Enfin une troisième a gravi le plateau ;
Nombre de ses soldats restent sur le carreau.
Là Masséna la charge; à cette triste vue,
Sa réserve s'avance et bientôt est rompue.
Notre cavalerie, aussitôt s'élançant,
Charge et sabre à son tour l'Autrichien frémissant.
Bonaparte après lui lance l'infanterie
Qui fond sur le plateau, prend leur artillerie,
Et quatre régiments se rendent prisonniers.
Nos valeureux soldats, avides de lauriers,
Tombent sur les débris du reste de l'armée.
Alvinzi, de fureur l'âme tout enflammée,
Contraint d'abandonner au plus vite ce lieu,
Opère sa retraite en passant sous le feu.
Notre héros triomphe ; heureuse destinée !
Il vit trois fois la mort dans la même journée ;
Eut sous lui de tués quatre de ses chevaux ;
Mais la mort épargna l'invincible héros.
Alvinzi nous laissa tout le champ de bataille.
A rallier sa troupe alors il retravaille.
Sept mille prisonniers démontrent aux Français
Et leur noble valeur et leurs heureux succès.
L'armée autrichienne a repassé l'Adige,
Redoutant de nous voir faire un nouveau prodige.

Augereau la harcelle, entre dans Legnago ;
Provera prend l'avant, tombe à Roverbello ;
Elle est partout poussée; on l'attaque, on la darde ;
Bonaparte bientôt rompit son avant-garde,
Commandant à Joubert, de même qu'à Murat,
D'attaquer Alvinzi, de lui livrer combat.
Puis sur les ennemis intrépide il s'élance,
Au front de ses soldats, la gloire de la France.
Il emporte Saint-George et rejoint Mioli ;
Ce dernier général attend de Rivoli
Qu'il vienne du renfort pour contenir Mantoue.
Pour Wurmser la fortune a fait tourner sa roue.
Il sort de son blocus pour faire jonction.
Bonaparte à son tour a pris position.
Il s'apprête au combat devant la Favorite.
Le brave Serrurier vient se mettre à sa suite.
Le général Victor attaque l'ennemi,
Par une marche habile, en soldat affermi,
Commence la bataille; elle devient terrible ;
Le Français moins nombreux n'est pas moins invincible.
Provera n'y tient plus, tant il est affaibli.
Alvinzi se replie et sort de Rivoli.
Trente, noble cité, bientôt nous est remise.
Avec elle on nous rend la superbe Trévise.

Mantoue également appartient aux Français.

L'Autriche devant-nous s'incline désormais.

De son blocus Wurmser cherche qu'on le délivre ;

Ses soldats consternés à peine ont de quoi vivre.

Il a chargé Klenau de conclure un traité ;

Il aspire à ravoir sa douce liberté.

Le héros des Français, qui sait respecter l'âge,

Ne veut pas l'abaisser jusqu'à lui rendre hommage.

L'armée Autrichienne avec ses généraux,

Défile en nous laissant soixante-dix drapeaux.

Bonaparte en vainqueur traverse la Romagne,

Et tous ses prisonniers rentrent dans l'Allemagne.

Le vieux guerrier d'Autriche alors montre un grand cœur ;

Il révèle un complot à son libérateur.

Vainqueur de l'Italie, ô gloire de la France !

Lui dit Wurmser, crois-moi, j'honore ta vaillance ;

Pour conserver tes jours j'implore l'Eternel ;

Qu'il te sauve du traître et du poison mortel !

Bessière triomphant apporte au Directoire

Les drapeaux qu'à l'Autriche a ravis la victoire,

Augereau fut chargé d'en porter de nouveaux.

Barras félicita nos braves généraux.

Que de beaux jours Paris vit luire sur la France !

Rayonnant de bonheur, de gloire et d'espérance,

Bonaparte, entouré de ses nobles guerriers,
Va de nouveau cueillir les plus brillants lauriers;
Et l'Europe jalouse, à sa perte animée,
Tremble au seul bruit des pas de notre vieille armée.

7

Les Français aguerris marchent sur la Romagne.
Le moderne César, que la gloire accompagne,
Sur Alvinzi s'élance en tête du soldat.
Par l'ordre du Saint-Père on nous livre combat.
Tout est en mouvement ; il n'est plus d'armistice ;
Bonaparte du traître avait vu l'artifice.
Il en prévint Barras, et notre ambassadeur
S'éloigne alors de Rome et dit avec chaleur :
Dans le sang des Romains se lavera l'offense ;
Je voyage à leurs frais et jusques à Florence.
Pour avoir insulté l'étendard des Français,
L'intrépide Victor se venge désormais.
Pour rejoindre Lahoz on rassemble l'armée ;
Contre tous ces ligueurs la France est ranimée.
Notre héros ne prend que neuf mille soldats
Pour battre le Saint-Père, écraser ses Etats.
Au peuple de Bologne il lance un manifeste.
Ce peuple, déplorant une erreur trop funeste,
Disait : le Pape a-t-il triomphé des Français ?
Attend-il Alvinzi ? compte-t'il sur l'Anglais ?
Je veux, dit le héros, changer sa destinée,
Et voir Busca réduit en moins d'une journée.

Pour sauver son pays veut-il le mettre en feu ?
C'est une guerre sainte et faite au nom de Dieu.
Mais Busca nous attend; c'est l'ordre du Saint-Père.
La France triomphante agissait sans colère.
Bonaparte offrit donc la douce liberté
A toute l'Italie, il dit la vérité.
Il prévient la révolte, ouvrage de cent moines,
Qui voulaient l'esclavage au nom des vieux chanoines.
On rejoint l'ennemi quand apparaît le jour.
On entend la trompette aux échos d'alentour.
Bonaparte contre eux lance le brave Lanne.
Le Pape est aux abois, l'Autriche s'en pavane.
On franchit Senio pour attendre le jour,
Et l'ordre du combat roule sur le tambour.
Sur l'ennemi Lahoz tombe avec sa colonne :
Elle franchit le pont; le Romain l'abandonne.
Le moine fanatique est las de comploter,
Et voit tous ses projets promptement avorter.
Senio s'attendait à voir une bataille ;
Mais le soldat du Pape a peur de la mitraille,
Commandé par Colli, trop faible conquérant,
Qui sans bruit s'échappa, lui jadis si vaillant:
Les corbeaux rassemblés craignent, dit-on, la foudre,
Et Colli, ses guerriers de loin sentaient la poudre.

Le combat est fini contre un peuple orgueilleux.
Faenza cède enfin aux Français courageux.
Le tocsin dans la ville a semé les alarmes ;
Le bourgeois mutiné menaçait de ses armes.
La révolte s'écrie : aux armes, Faenzais !
Défendez la cité, mort à tous les Français !
On insulte l'armée, on lui ferme les portes.
La patience échappe à ces nobles cohortes.
Mais on brise, on se charge, on commet des horreurs ;
Déjà de toutes parts sont entrés les vainqueurs ;
Le soldat courroucé demandait le pillage ;
Bonaparte s'oppose à leur aveugle rage.
Soldats ! s'écria-t-il, soyez donc généreux !
Respectez les vaincus : je l'ordonne et le veux !
Loin est la gravité d'être comme à Pavie ;
A l'homme fanatique il faut laisser la vie.
La vengeance ressemble à la férocité :
A tous les prisonniers rendons la liberté.
Qu'ils retournent chez eux jouir dans l'abondance,
Le cœur rempli de joie et de reconnaissance :
Du peuple qui vous prie épargnez les enfants ;
Que vainqueurs et vaincus soient comme des parents.
Dès lors qu'ils sont courbés sous le joug de nos armes,
Tarissons à jamais la source de leurs larmes.

Bonaparte en parlant à tous tendit la main :
Rendez-vous aux vainqueurs, ils aiment le Romain.
Pour soulager vos maux, pour terminer vos peines,
Par eux la liberté vient de briser vos chaînes.
A Cesène, à Forli, Rimini, Céséro,
Par toute l'Italie on fête le héro.
Colli commande Ancône, il voudrait la défendre :
A l'aspect des Français il ne veut pas se rendre.
S'élance à Loretto le général Victor :
Il entoure Colli, ses soldats, son trésor.
Maître de tous ses trains et de l'armée entière,
Elle eut sa liberté de la France guerrière;
Même sans coup férir des Français valeureux,
Les soldats graciés s'en retournent chez eux,
Bénissant le héros qui leur laissa la vie.
Partout la liberté détruit la barbarie.
Tous ces traits généreux sont l'œuvre des Français
Que sait apprécier même le fier Anglais.
Voilà l'égalité sous notre République,
A l'honneur immortel de notre politique.
Le crédule Anconnais naguère se courbant
Aux pieds d'une Madone, y portait son argent.
Le vol est découvert, et le célèbre Monge
A Bonaparte même expose le mensonge.

L'imposteur est connu pour un vieux chapelain
Depuis longtemps voleur de l'aveugle Romain.
Le peuple avec plaisir vit de l'homme rapace
Punir l'effronterie et l'incroyable audace.
La statue aussitôt est portée au saint lieu :
On retira le verre, et, sans offenser Dieu,
Le peuple put enfin contempler la Madone
Qui faisait pleuvoir l'or et l'argent sur Ancône.
Revenons aux Français qui, d'un pas triomphant,
Entrent bientôt après dans un fameux couvent,
Eglise antique et belle, et pleine de richesses,
Fruit des dons généreux de mille pécheresses.
Pourtant, bien que le Pape en eût pris le trésor,
Le Français y trouva deux millions encor.
A Rome, le clergé criait au sacrilége.
L'exaspération règne au sacré Collége :
Le Saint-Père lui-même est fort épouvanté ;
Pour se sauver à Naple il a tout apprêté.
Bientôt il se rassure à la seule parole
Que lui fait parvenir le fier vainqueur d'Arcole.
Busca congédié, Rome dut financer.
Dora signe la paix, et s'offre à débourser.
Trois fois dix millions furent versés par Rome;
Bijoux et diamants complétèrent la somme.

On accorde aux Français la ville d'Avignon;
La Romagne et Ferrare exaltent notre nom.
L'Ecole des beaux-arts, notre Ecole française
Est réouverte à Rome et le peuple en fut aise.
Bonaparte, en un mot, a signé le traité
Qui rend la paix à Rome avec la liberté.

CHANT DIXIÈME.

L'opinion se plaint contre le Directoire
Qu'on isole l'armée au sein de tant de gloire,
Lorsque notre héros et ses soldats altiers
Achetaient de leur sang des moissons de lauriers.
La Chambre s'en émeut : pour sauver l'Italie,
Elle augmente l'armée, orgueil de la patrie ;
Car, après Bonaparte, elle est notre sauveur,
Et la France doit tout à sa rare valeur.
Le Directoire accepte, et l'armée est heureuse.
Une colonne part des bords de Sambre-et-Meuse ;
Elle suit l'Allemand dévorant son chemin.
Une seconde encor franchit les flots du Rhin.
Le Français, plein d'ardeur, de la gloire s'enivre.
Pour battre l'ennemi qu'il brûle de poursuivre,
Il attend un renfort : après de longs retards,
Une phalange arrive avec ses étendards.
A sa tête l'on voit le fameux Bernadotte.
Le général Delmas, célèbre patriote,
S'avance avec la sienne et rejoint le héro,
Récemment de retour depuis Tolentino
Pour passer la revue de sa brillante armée :
Le soldat fraternise et la France est charmée.

Des vive Bonaparte et gloire à sa valeur !
Retentissent partout : ô puissance ! ô grandeur !
Que l'armée était belle et pleine de vaillance !
Que d'honneur et de gloire environnaient la France !
Des soldats arrivant on compte le renfort ;
Au lieu de trente mille aux feuilles du rapport,
Dix mille déserteurs trahissent la patrie ;
Vingt mille seulement entrent dans l'Italie.
Vienne contre la France a lancé son décret :
Si notre aigle est vainqueur, tombe son cabinet.
De même l'alliance entre lui, l'Angleterre :
Je veux, dit Bonaparte, avant six mois de guerre,
Je veux que Metternich tourne de mon côté,
Et qu'il apprenne enfin de moi la vérité.
Vienne donc l'archiduc, sur le champ de bataille,
Affronter bravement le fer et la mitraille ;
Qu'il vienne devant nous baisser ses pavillons :
La France a contre lui cent trente bataillons.
La liberté grandit et compte sur l'armée.
L'Autriche s'inquiète et Vienne est alarmée.
On vantait l'Archiduc, naguère conquérant,
Et qu'à bon droit sa gloire a mis au premier rang.
Il a repris son glaive, en menaçant la France,
Et jure à ses guerriers d'abattre sa puissance :

« Sur le Rhin son armée a fléchi sous mon bras ;
Bonaparte, dit-il, je t'attends aux combats ;
Devant moi le Français courba sa tête altière ;
Le Prince, tu le sais, ne va pas en arrière. »
Tout son état-major se porte sur Inspruck ;
Cinq fois dix mille preux, devançant l'Archiduc,
Pour couvrir le Tyrol ont franchi la Piave :
Bonaparte est brûlant de combattre le brave.
Il fond sur l'Archiduc, il voudrait l'attaquer,
Mais il craint l'Italie, elle peut le bloquer.
Si Barras se refuse au traité de Bologne,
C'est montrer aux Romains tous les jours qu'on le rogne ;
Venise et la Sardaigne encor tournent le dos,
Et relèvent la tête après mille propos.
La Toscane remue et toute l'Italie,
Puis-je compter sur eux ? Non, ce serait folie.
Une révolte couve, elle aspire au moment
De chasser le Français qu'elle appelle tyran.
Conquérir l'Italie , oh ! pour moi quelle gloire !
Oui, ma chère patrie aura cette victoire.
Bonaparte aperçoit un superbe avenir :
S'il gagne la bataille, il peut se réunir
Et joindre sur le Rhin nos phalanges guerrières.
Il peut rapidement atteindre nos frontières.

L'Archiduc en Frioul redoublait de valeur ;

Du héros de la France il croit être vainqueur.

Le Prince suit le plan qu'a tracé l'Allemagne

Et dicte le chemin qui le mène en Romagne.

Bonaparte aux aguets prend l'avance soudain,

Avant que l'Archiduc n'ait ses renforts du Rhin,

S'élance sur la Piave en moins d'une journée :

L'intrépide soldat connaît sa destinée,

Et sans reprendre haleine il marche à Bassano ;

Il s'apprête à franchir le Tagliamento ;

Et, malgré l'Empereur qui défend le passage,

Nos soldats à l'envi s'élancent à la nage,

Tombent sur l'ennemi qui s'enfuit à l'instant.

Masséna le premier fond comme le torrent.

Serrurier le précède : une colonne entière

De soldats autrichiens devient sa prisonnière.

Guieux est d'avant-garde, et redoublant d'ardeur,

Il tourne la Piave avec un air vainqueur ;

Il coupe le Croate en avant de Trévise ;

Le brave Bernadotte à son tour s'organise.

L'Aigle de France entra dans Conégliano ;

L'armée impériale à Tagliamento.

Partout l'airain s'apprête à vomir la mitraille.

L'Archiduc s'empressait, sur le champ de bataille,

A ranger ses guerriers dès l'aube du matin ;
Aspirant à la gloire, il attend le destin,
Et fond sur notre armée avec tant de vaillance,
Qu'il croit bien triompher des soldats de la France,
Quand d'une rive à l'autre on fait la faction.
Bonaparte à dessein fait cesser l'action ;
Les feux partout éteints: tout redevient tranquille ;
L'armée est en retraite à distance d'un mille ;
L'Archiduc tout joyeux est rentré dans son camp.
Notre César le voit ; il revient sur-le-champ,
S'élance le premier à travers la rivière.
Le prince Charle accourt, plein d'une ardeur guerrière ;
Il s'apprête au combat, mais il était trop tard !
La colonne passée a formé le rempart,
Et l'armée en bataille est dans le plus bel ordre.
Quatre fois l'Archiduc veut la mettre en désordre ;
Mais, efforts impuissants ! il se trouve tourné ;
A droite comme à gauche il est partout cerné.
Il voit avec douleur fuir son infanterie ;
Il laisse entre nos mains et son artillerie,
Et vingt drapeaux ; enfin de nombreux prisonniers
Montrent que la victoire est pour nos vieux guerriers.
On attend Masséna pour franchir la chaussée,
Et son coup de canon avant la traversée.

Soudain ce général s'élance sur Tarvi ;
Nos courageux soldats le suivent à l'envi.
Le prince, défilant sous le bronze qui tonne,
Entre dans Clagenfurth avec une colonne ;
Là, ses meilleurs soldats prennent position ;
Contre eux Masséna lance une division.
Le combat fut cruel , et , dans cette journée,
L'ennemi dérouté maudit sa destinée.
L'Archiduc fut trois fois au moment d'être pris ;
A Valache il se sauve en traînant ses débris.
Sur Tarvi Masséna se hâte de paraître :
Il gagne la bataille, il en devient le maître.
Le général Guieux du Tagliamento
Va fondre sur Udine, il entre à l'Isanzo,
Rattrape Bagalitch, qui redouble sa marche,
Jurant qu'il est sauvé par le grand Patriarche,
Ignorant qu'à Tarvi Masséna l'attendait.
Quand le Prince l'apprit , il en fut stupéfait.
Il se vit pris en front : partout on le devance.
L'Archiduc entouré s'enfuit, maudit sa chance ;
L'ennemi consterné dépose ses drapeaux ;
Puis cinq mille guerriers avec six généraux,
Le reste des vaincus ont repassé la Drave ;
Le Français les poursuit, toujours ardent et brave,

Pénètre en Allemagne en dépit des autans.

Bonaparte en tous lieux se fait des partisans.

Joubert sur le Tyrol a l'ordre de rabattre,

Rencontre une colonne et la force à combattre.

Le général Kerpen reçoit dès le matin

Du renfort qu'il attend des rivages du Rhin.

Bonaparte à ses lois soumet la Carinthie,

Et par lui la Romagne est partout envahie.

Joubert bat l'ennemi, le chasse de Spital ;

Kerpen doit à son tour déserter l'arsenal ;

Car sa division, qu'abîme la mitraille,

Perd près de Saint-Michel encore une bataille.

Le Français de nouveau moissonne des lauriers

Et vient de faire encore sept mille prisonniers.

Enfin dans le Tyrol nos soldats, pleins d'audace,

Vont attaquer Kerpen qui prévoit sa disgrâce.

L'Archiduc perd encor quinze de ses drapeaux,

Huit pièces de canon et quatre généraux.

Mais à peine a-t-il vu que nous marchions à Vienne,

Qu'il traîne ses débris vers l'armée autrichienne.

Non sans de grands efforts il regagne Clausen ;

Là devaient le rejoindre et l'armée et Kerpen ;

Il voulait sa revanche et l'on pouvait l'entendre

Crier : Vaincre ou mourir, plutôt que de me rendre !

Les Français sans tarder ont pris position;
Les soldats allemands, faisant conversion,
Tombent sur Mitten-Wald pêle-mêle en retraite,
Mais non sans éprouver encore une défaite;
Enfin désespérés ils gagnent le Brennier.
Notre brave Joubert s'en retourne au quartier,
Et va tout triomphant rejoindre notre armée.
Déjà de toutes parts l'agile Renommée
Annonce qu'il amène au camp des prisonniers:
Gloire à nos généraux, à nos vaillants guerriers!
Ils ont vu devant eux des Alpes Juliennes
Au plus vîte sortir les troupes autrichiennes.
Bonaparte, pour moi le plus grand des Césars,
De Vienne va bientôt attaquer les remparts.
Déjà, pour détrôner un Empereur débile,
Nos valeureux soldats entourent cette ville.
On dit que François II a sauvé ses enfants
Et la jeune Louise avec ses cinq printemps.
Bonaparte, enchaîné par notre Directoire,
Ne put gagner le Rhin, ni suivre la victoire;
Barras s'y refusa; car, justement jaloux,
Il se trouvait alors le grand maître chez nous.
Moreau voulait de même ouvrir une campagne;
Sans bateaux pouvait-il entrer en Allemagne?

On n'avait point prévu le passage du Rhin,
Pour rejoindre l'armée et lui prêter la main.
Bonaparte renonce à s'emparer de Vienne,
Pour rabaisser plus tard cette ville hautaine;
Fond sur le Simmering, y prend position
Pour signer une paix qui rehaussât son nom.
Il écrit sans tarder au prince archiduc Charle;
Car il faut s'expliquer : on se voit, on se parle.
Général, lui dit-il, pour conclure la paix,
Il m'en faut le pouvoir maintenant ou jamais !
Sans de plus longs discours et sans vouloir attendre,
On voit les fiers soldats du nouvel Alexandre
S'élancer avec lui, pénétrer dans Neumarck,
Et triompher encor dans les gorges d'Unzmarck.
L'ennemi culbuté perd son arrière-garde;
Arrive en notre camp le général Belgarde,
Qui demande une trève au moins de douze jours.
Ce diplomate altier fait un très-long discours;
Lorsque sont arrêtés tous les préliminaires,
On signe enfin la paix : les armes meurtrières
Vont cesser de verser le sang des nations,
Quand le Rhin de Français voit trente bataillons
Soudain franchir ses flots après la signature :
Ils ignoraient la paix qu'on venait de conclure.

Ils chassent l'ennemi le long des bords du Rhin ,
Et n'apprirent la paix que le surlendemain.
L'Autriche devant nous voit baisser son empire,
Quand déjà le Tyrol et Venise conspire.
Avec Londres d'accord ils tramaient des complots
Pour terminer la guerre et ses tristes fléaux.
Déjà les insurgés se voyant dix mille hommes
Enrôlaient des soldats, levaient de fortes sommes.
On sème la terreur en sonnant le tocsin.
Les Français peu nombreux font résonner l'airain
Pour arrêter l'élan des Vêpres Siciliennes,
Qu'on appelait partout Vêpres italiennes.
Au loin dans la campagne, au sein des Véronais,
Sous le fer assassin succombent les Français.
Ignorant le traité qu'avait fait l'Allemagne,
Trente mille insurgés inondent la Romagne.
Kilmann a rassemblé ses fidèles soldats,
Mais trop faible il évite avec soin les combats ;
Il rallie en deux jours sa troupe en Lombardie,
Attendant qu'à ses maux le destin remédie.
La révolte s'apaise, elle a rompu ses rangs :
Les chefs épouvantés, véritables brigands,
Dans le camp des Français amènent des ôtages,
Pour détourner loin d'eux de terribles orages.

Bonaparte est instruit de leur lâche attentat.
Junot part sur-le-champ pour se rendre au sénat.
La liberté triomphe et relève la tête;
L'oligarchie enfin apaise la tempête;
Les sénateurs, tremblants et réduits aux abois,
Offrent leur caution pour deux fois douze mois.
Mais bientôt le héros, par qui brille la France,
Saisit de ces seigneurs une correspondance
Qui dévoile au grand jour leur noire trahison;
Et le sénat n'est plus de par Napoléon,
Qui, d'un sanglant reproche épouvantant Venise,
La force de jurer que c'est une méprise.
Elle rend le pouvoir à tous ses citoyens,
Au grand contentement même des Autrichiens.
Le Conseil tombe : alors de l'aristocratie
Le peuple seul est maître; il ordonne, il châtie.
Mais Baraguay-d'Illiers, inflexible aux méchants,
Secourt les opprimés qu'il connaît innocents.
Venise est soulevée, on s'y révolte encore :
Sur la place Saint-Marc le drapeau tricolore
Est en butte à l'outrage et deux fois insulté
Par une populace au regard éhonté,
Criant au nom du peuple et devant notre armée :
« La République est libre, on nous l'a proclamée. »

Mais la noire vengeance et les divisions,

Et la guerre civile et les réactions,

Tous ces tristes fléaux qui désolaient la ville,

Ont cessé désormais et le peuple est tranquille ;

Bonaparte le veut : qui peut lui résister ?

Bernadotte à Paris a l'ordre d'emporter

Les superbes drapeaux que Venise la belle

Gardait avec orgueil : perte dure pour elle !

Les drapeaux de l'Autriche orneront à leur tour

Ce magnifique hôtel (*), doux et noble séjour

De nos vaillants guerriers qui, dans trente batailles,

Ont, en bravant la mort, semé les funérailles.

Sur le héros français tout le monde a les yeux ;

Le peuple enfin sourit à l'espoir d'être heureux,

Quand le chef fortuné de notre République,

Loin des rives du Rhin franchit l'Adriatique.

L'Archiduc, redoutant un désastre nouveau,

Veut bien signer la paix faite à Monte-Bello.

Mais, honteux de ployer sous cette dictature,

Son frère l'Empereur ajourne pour conclure ;

C'est en vain qu'il propose un autre arrangement ;

Le vaincu doit subir la loi du conquérant.

(*) L'Hôtel des Invalides.

Bonaparte, entouré d'une armée aguerrie,
Commande en souverain à toute l'Italie ;
Et chargé de lauriers, et de gloire et d'honneurs,
Bientôt il combattra contre trois empereurs.

18 *Fructidor* 1797.

Nos guerriers hors du Rhin nous rendaient formidables ;

En France les partis se montraient indomptables

Et voulaient à tout prix, par un renversement,

Que l'on changeât encor tout le gouvernement.

Les têtes sont en feu ; l'opinion publique

A menacé Barras, même la République :

Elle connaît sa force ; enfin, pour son bonheur,

De tous ses ennemis Bonaparte est vainqueur.

On redoutait son glaive et je l'en félicite ;

L'austère démocrate a foi dans sa conduite,

Et du jeune héros admire les hauts faits,

Le proclamant tout haut le premier des Français.

Mais on ourdit encore une nouvelle trame :

Contre le Directoire on s'emporte, on s'enflamme.

De cinq opinions les projets dissidents

Soulevèrent alors une foule de gens ;

Car de nos Directeurs, qui doivent vivre en frères,

On subissait les lois, non les fiers caractères.

Ils agissaient, dit-on, avec intégrité,

Toujours en s'appuyant du mot de liberté.

Toujours en nous flattant, on condamne, on nous somme

D'être soumis aux lois, au nom des droits de l'homme.

Fanfarons de justice, après tant de fléaux,

Loin de nous consoler, ils aggravaient nos maux.

J'en reviens au guerrier qui nous couvrait de gloire,

Qui soutenait partout les droits du Directoire

Contre les turbulents, rancuneux émigrés,

Qui se liguaient encore à tous les conjurés.

Le Directeur voulut, hors de son assemblée,

S'attacher une caste, à la voix emmiellée.

De toutes parts on voit fermenter les esprits ;

Et sur le sol français les enfants des proscrits,

Ce flux et ce reflux d'opinions contraires

Au Corps législatif entravent les affaires.

Pichegru, dont chacun vante la loyauté,

Au fauteuil des Cinq-Cents tout-à-coup est porté ;

Président du Conseil, il est antipathique

A l'état actuel, à notre République.

Du Directoire alors bien grand est l'embarras :

Rewbel, La Réveillère, en patronant Barras,

Font la majorité, changent le ministère.

Nos tribuns divisés se déclarent la guerre ;

Barthélemy, Carnot, demeurent les vainqueurs,

Et de leurs ennemis excitent les clameurs.

Tous les républicains prônent le Directoire ;

Les partisans du Prince aspirent à la gloire

Pichegru, Colomès, Rovère, Imbert, Willot,
Formaient un comité qu'inspirait Astaroth.
Ils sont dans le secret de tous les royalistes.
Les sages de Clichy, protecteurs des clubistes,
Attristés des malheurs dont ils étaient témoins,
Pour nous en affranchir employaient tous leurs soins;
Du Conventionnel, non moins méchant que traître,
Ils sapaient le pouvoir en le faisant connaître.
Amis de la justice et de la vérité,
Ils voulaient, en un mot, sauver la liberté;
Mais à leur bonne foi l'on refusa de croire.
Ce n'est pas tout encor : le faible Directoire
Se voit par les journaux diffamé tous les jours,
Sans pouvoir de nos maux interrompre le cours.
Contre notre César la calomnie armée
Tente de rabaisser sa haute renommée.
D'un outrage pareil justement offensé,
Devant nos vieux soldats le héros a passé :
Chers compagnons, dit-il d'une voix toute émue,
Vous de qui la valeur, du monde entier connue,
Fit trembler tant de fois nos communs ennemis,
Sachez que dans le sein du superbe Paris,
L'on diffame le chef, jaloux de votre gloire,
Qui vous guida souvent lui-même à la victoire.

Un tel excès d'audace allume mon courroux ;

Mais je suis irrité moins pour moi que pour vous.

Guerre donc aux tyrans qui font gémir la France,

Tandis que nous bravons la mort pour sa défense !

Jurez de soutenir la Constitution,

Jurez-le sur mon glaive et par Napoléon !

A la voix du héros, sauveur de la patrie,

Des rivages du Rhin jusqu'à la Lombardie,

Nos valeureux soldats, au courage indompté,

Répondent en criant : Vive la liberté !

Le même enthousiasme atteint l'Adriatique ;

Car déjà l'Italie aime la République.

Bonaparte, porté par un parti puissant

Qui le veut voir consul, refuse cependant ;

Lui qui ne marchait plus qu'escorté de la gloire,

Pouvait bien sur Barras remporter la victoire.

N'avait-il pas l'appui de ses vaillants guerriers

Qui dans les champs de Mars partageaient ses lauriers ?

Mais son ambition s'immole à sa prudence ;

Il tremble d'aggraver les malheurs de la France.

Colonne du pouvoir qu'il soutient de nouveau,

Il dépêche à Paris le fameux Augereau.

Junot presque aussitôt dans les murs de Lutèce

Paraît : le Directoire est ravi d'allégresse,

.Le nomme général d'une division

Et lui rend des honneurs dignes d'un Scipion.

L'été brûlant alors faisait place à l'automne,

D'un député suspect on saisit la personne,

Et l'on jette en prison le fier Barthélemy ;

Carnot l'apprend , se sauve et passe à l'ennemi.

Willot et Pichegru, vendus aux royalistes,

Vont rejoindre en prison soixante journalistes,

Qui, se voyant déçus dans leur ambition ,

Tramaient secrètement le retour d'un Bourbon.

Sur la place publique on entendit encore

Nommer des députés dont la France s'honore :

Arrêtés tout-à-coup comme conspirateurs,

Ils allèrent dans l'ombre expier leurs erreurs.

Tout Paris consterné voyait avec tristesse

Déshonorer des noms si chers à la noblesse.

Etaient-ils criminels ou ne l'étaient-ils pas !

Le général Moreau , qui mourut traître, hélas !

Crut le prouver du moins à toute son armée,

Qui, par un fier discours promptement enflammée,

Fit retentir ce cri, mille fois répété :

Guerre à tous nos tyrans ! Vive la liberté !

Bonaparte, la gloire et l'appui de la France,

Fait respecter ses droits et veille à sa défense ;

Des faibles Directeurs qui gouvernent si mal,

Il nous fait voir le joug de plus en plus fatal.

Il plaint de leurs rigueurs les nombreuses victimes;

Tous ceux qu'ils ont proscrits sont-ils donc noirs de crimes?

Pour un complot tramé vingt condamnations

Font s'élever contre eux les malédictions.

Que dis-je ? à l'exil même envoyant l'honnête homme,

Cruels imitateurs des triumvirs de Rome,

Vous n'irez pas plus loin ! la **France** a trop gémi,

Et dans chacun de vous je vois un ennemi.

C'est ainsi qu'avec feu s'exprimait Bonaparte,

En qui semblait revivre un citoyen de Sparte.

Le règne de Barras a trop longtemps duré:

Mais ce vain directeur, de lui-même enivré,

Loin de s'humilier aux pieds d'un grand génie,

Se cramponne au pouvoir; et ma chère patrie

Attend en gémissant que des jours plus heureux

Viennent luire sur elle et couronner ses vœux.

Nos fameux Directeurs, trop gonflés d'arrogance,

Répondaient au héros : Défendez notre France ;

Soyez l'appui des lois et de la République,

Bonaparte, souffrez que Barras s'en explique.

Général, comme vous sommes-nous les vainqueurs ?

La France peut compter sur ses trois dictateurs.

CHANT DOUZIÈME.

Je vais chanter la paix, la splendeur et la gloire
De Campo-Formio sous notre Directoire.
Au nom de Bonaparte et de tous ses guerriers,
Apollon, rends mes vers dignes de ses lauriers.
Croyant anéantir le parti monarchique,
Le trop fameux Barras changea sa politique.
Put-il braver tout seul tant de difficultés ?
S'il refuse la paix, fruit de nos libertés,
S'il demande à l'instant qu'on déclare la guerre
A toute l'Allemagne et même à l'Angleterre,
Barras veut prodiguer encor le sang français :
Le bonheur loin de nous s'enfuira désormais.
La coalition déjà s'arme à l'avance ;
On pousse Bonaparte à défendre la France.
Le Directeur demande à rompre les traités.
Général, reprenez là nos hostilités ;
Il faut que l'Empereur m'abandonne l'Adige ;
La France vous demande encore ce prodige.
Oui, je veux que Venise entre aux mains des vainqueurs ;
Votre glaive est connu, comme votre valeur.
L'Autriche courroucée arbore sa bannière,
Et l'Archiduc, dit-on, réarme la frontière.

Pour affronter encor les dangers des combats,
Bonaparte leva trente mille soldats.
Il dit au Directeur : Pour suivre vos pensées,
Je vais porter la guerre encor sur les chaussées.
Ce n'est plus notre paix faite à Montebello,
S'écria fièrement l'invincible héro :
Que mon état, ô ciel! va devenir critique !
Quand j'ai fait triompher partout la République,
Ou plénipotentiaire, ou général en chef ,
On me force, et pourtant pour moi triste relief !
Ce plan est à la France on ne peut plus contraire ;
Eh bien ! je me retire : à d'autres cette guerre !
Le Directeur persiste et parle avec chaleur :
Bonaparte, il le faut, rabaissez l'Empereur.
A Vienne on est en proie aux plus vives alarmes.
A signer on le presse, il a repris les armes :
C'est de nouveau la guerre et toutes ses horreurs ;
Que la France m'absolve et non ses Directeurs !
Je désire la paix pour ma chère patrie :
Voulez-vous donc, Barras, aller jusqu'en Hongrie ?
Arrive un diplomate, et c'est de Cobentzel :
J'offre, dit-il , la paix au nom de l'Eternel.
Udine fut le lieu pris pour les conférences ;
Là, rien ne se termine entre leurs Excellences.

Déjà l'ultimatum flattait l'opinion,

Etant dans l'intérêt de notre nation.

Cobentzel se plaignit que l'on voulût détruire,

Ou du moins déplacer les bornes de l'Empire.

La guerre est préférable ainsi que ses fléaux.

S'il le faut, l'Empereur marche sous ses drapeaux,

Dût-il perdre en un jour Empire et capitale,

Joyaux et diamants, couronne impériale;

La chance peut tourner dans de nouveaux combats.

L'Empereur lève donc cent mille autres soldats;

Il attend des secours que promet la Russie,

Pour assurer le sort de sa chère patrie.

Je pars, dit Cobentzel. Répandrez-vous du sang

Qui pèsera sur vous contre l'honneur d'un Franc?

Bonaparte s'indigne; il règne un court silence:

Notre paix est rompue entre vous et la France,

Dit-il, et saisissant un joli cabaret,

Il le brise en morceaux qui jonchent le parquet.

« Monsieur de Cobentzel, la guerre est déclarée;

Je fais au Ciel des vœux pour sa courte durée.

Avant l'hiver fini, retenez bien ces mots,

Je brise sa couronne, en dépit des complots. »

L'aigle se radoucit et parle avec aisance

En faisant au congrès sa noble révérence.

Le plénipotentiaire a de son souverain

Un papier qui s'échappe et tombe de sa main.

Bonaparte expédie au prince archiduc Charle

Un guerrier plein d'ardeur qui s'avance et lui parle.

Soudain revient au camp le superbe officier

Qui dévore l'espace avec son fier coursier.

Sur-le-champ Cobentzel, avant l'heure sonnée,

Présente l'olivier et la paix est signée.

Le même ultimatum, au nom de l'Empereur,

Pour nous complaire accorde au valeureux vainqueur

Les limites qui sont aux Français naturelles ;

Et pour sanctionner nos conquêtes nouvelles,

Rend les Alpes, le Rhin et tout le Milanais,

Larges indemnités qu'obtiennent les Français.

Nous acquérons encor les Hautes-Pyrénées.

Quelle moisson de gloire en moins de deux années !

Le duché de Modène, ainsi que Reggio,

Sont le prix des hauts faits du superbe héro ;

Même le Mirandole et toute la Romagne,

Et Bologne, et Ferrrare, après cette campagne,

Toute la Valteline et les Etats Romains,

La droite de l'Adige entre aussi dans nos mains ;
Car jadis du Brisgaw la France était frontière.

L'Etat fut florissant plus qu'aucun de la terre.

Ils étaient convenus d'un point très-important,

Qu'on remettrait encor Mayence au conquérant.

La grande République étonna tout le monde,

Triomphante partout, sur la terre et sur l'onde.

De France un diplomate, ainsi que Cobentzel,

Se donnent rendez-vous pour l'échange formel.

A ce fameux traité l'on entend la réplique

Que fait notre guerrier parlant de République.

Cobentzel avait dit : l'Empereur reconnaît

Votre Gouvernement aujourd'hui ce qu'il est ;

Bonaparte répond : Effacez cette ligne ;

L'Europe le connaît, et d'elle il se croit digne.

C'est comme le soleil un bienfait d'ici-bas :

Où l'homme libre voit, l'esclave ne voit pas.

Bonaparte toujours honora les sciences,

Car Monge eut des honneurs, même des récompenses.

Arrivent de l'armée encor deux généraux

Au Corps législatif, chargés de cent drapeaux.

Car la paix de Campo surprit le Directoire,

Et Barras étonné s'écriait : Que de gloire !

Loin d'en féliciter le fameux conquérant,

Il lui laissa percer son mécontentement.

S'il faut en croire ici l'opinion publique,

S'il faut s'en rapporter à l'ancienne chronique,

Le jaloux Directeur maudissait cette paix
Qui rendait l'opulence et la gloire aux Français.
L'invincible guerrier, au cœur plein de vaillance,
Bientôt va revenir sur le sol de la France.
Il visite les forts en passant par Milan;
Il impose des lois, dompte le Vatican.
Partout il se tenait, gardant la défensive;
L'Adige protégé, l'on attend qu'il arrive.
Du peuple il prend congé, même de ses soldats,
En tous lieux étonnant les plus grands potentats.
Sa proclamation aux peuples fut touchante.
Le Directoire encor sans raison le tourmente.
Il va franchir Turin en soldat conquérant.
La Sardaigne et son Roi l'accueillent en passant
Pour le féliciter même au nom de la France,
Et lui montrer leur joie et leur reconnaissance.
Il refuse l'encens, la démonstration.
On attend à Rastadt le grand Napoléon,
Et d'après les traités, l'on se fit la remise :
Mayence fut reçue en place de Venise,
Et Palma-Nuova rendue aux Allemands.
Bonaparte en tous lieux fut chéri des plus grands.
Dès qu'il eut installé ses troupes dans Mayence,
Il quitta le congrès pour revenir en France.

Il arrive à Paris dans sa simple maison.

Après tant de hauts faits, tout est changé de nom ;

Sa rue est pour toujours celle de la Victoire,

Et les siècles futurs garderont sa mémoire.

Tout Paris va revoir avec avidité

Le sauveur de la France et de la liberté.

11

CHANT TREIZIÈME.

———

Je chante ton retour d'Autriche et d'Italie :
A tes brillants succès tout le peuple s'allie.
Ami de mon pays, j'honore ces guerriers
Dont le front fut par toi ceint des plus beaux lauriers.
En tous lieux resplendit ton immortelle gloire.
Bonaparte à jamais vit dans notre mémoire.
Oh ! que ma faible Muse est loin de ses héros !
Qui pourrait égaler de si grands généraux ?
Et vous, soldats, témoins de tant de renommée,
De tous vos ennemis l'Angleterre est armée :
Elle offre l'olivier, symbole de la paix ;
Le Directoire, outré, la refuse aux Anglais.
La République y perd de nombreux avantages,
Et la mer de la Manche et ses riches rivages.
Sans cesse accoutumée à de brillants combats ,
Seule elle avait dompté trois fameux potentats,
Qui se plaignaient en vain que sa rare vaillance
Eût reculé si loin de la France.
Notre célèbre armée avait formé bivac,
Après le grand Turenne, aux bords charmants du Lach.
Nos phalanges deux fois ont foulé cette terre ;
Deux fois en deux cents ans on y porta la guerre.

A qui le devait-on ? au jeune général
Qui combattit le Prince après le Maréchal.
Sur le Rhin l'Empereur avait deux cent mille hommes.
Et voulait contre nous déchaîner deux royaumes.
L'affaire Montenotte et le plan de Lodi
Montrèrent Bonaparte aussi grand que hardi.
Du Rhin le prince Charle abandonna la rive ;
Là Jourdan et Moreau reprirent l'offensive,
Profitant d'un renfort qui vient de s'avancer ;
Tous nos fougueux guerriers brûlaient de s'élancer.
Après que Bonaparte eut battu l'Allemagne,
Le succès des combats couronna la campagne.
Ces pays nous payaient des contributions ;
L'Italie, imposée à cent vingt millions,
Le Muséum de Rome et celui de Florence,
Enrichissaient Paris, le bijou de la France,
De deux cent millions des plus jolis tableaux.
Honneur à notre armée, à tous nos généraux !
Des bâtiments qu'on prend à Livourne, à Venise,
Notre vieille marine au Levant est remise.
Gêne avait renforcé l'escadre de Toulon ;
Le commerce abondait dans la ville de Lyon.
Les Alpes renaissaient et la belle Provence.
Quels beaux jours a coulés notre superbe France !

Les doux fruits de la paix nous remplissaient d'espoir.

Le jeune Bonaparte avait fait son devoir.

Il pouvait s'enrichir sur le sol d'Italie.

Chérissant la grandeur, écartant la folie,

Sans fortune il arrive avec anxiété;

La gloire est plus que l'or dans la postérité.

La nation voulut lui rendre l'abondance,

Car elle lui devait sa noble délivrance.

Le Conseil des Cinq-Cents l'avait doté d'abord

Du superbe château qu'on appelle Chambord,

Et d'un très-bel hôtel dans notre capitale.

Le Directeur refuse ainsi que sa cabale.

Bonaparte aussitôt acheta Malmaison

Pour y jouir en paix de la belle saison.

Notre héros reçut pour prix de tant de gloire

Une superbe fête au sein du Directoire.

On s'empresse à l'envi d'honorer le traité

De Campo-Formio, si justement vanté.

Bonaparte parla des fruits de notre guerre,

Et des efforts jaloux de la vieille Angleterre.

Il est beau d'être libre et régi par des lois;

Mais il fallut combattre et des ducs et des rois.

Pour vous mettre au-dessus d'un altier despotisme,

Il fallait démasquer le hideux fanatisme.

Grand peuple, vous avez la Constitution ;

J'ai rendu ses autels à la Religion.

Partout le despotisme a gouverné l'Europe.

La liberté souffrante au Nord se développe.

Mais vos derniers combats vous assurent la paix ;

Gloire, honneur, liberté sont au peuple français.

Un jour le monde entier par vos mains sera libre,

Car des bords de la Seine on a franchi le Tibre.

Les Directeurs criaient : Vive le général !

Et d'autres voix disaient : A bas le féodal !

Là, Barras s'écriait : Français, Vive la Charte !

L'Eternel s'applaudit en créant Bonrparte.

Jaloux de tant d'égards, de popularité,

Le Directoire y voit rabaisser sa fierté.

La palme est au vainqueur de la belle Italie.

L'ennemi qui le voit, s'il combat, se replie.

Barras veut qu'à l'instant il retourne à Rastadt ;

Bonaparte refuse et finit le débat ;

Jurant haine aux Anglais, tire son cimeterre,

Prend le commandement d'une voix de tonnerre.

Tout redevient d'accord dans le Gouvernement.

Il fait une tournée et part secrètement,

Inspecte les soldats qui sont en Normandie,

Puis retourne en Belgique et passe en Picardie.

Le guerrier de nouveau surprendra les humains
En cachant aux jaloux ses superbes desseins.
Cette grande tournée annonça les orages.
Déjà Londre en védette a guetté ses voyages.
Sur-le-champ Bonaparte arrête son projet ;
Car son plan s'acheva dans le plus grand secret.
Mais l'expédition de l'Egypte est troublée.
L'Aigle leur proposa qu'elle fût reculée.
La Suisse se révolte avec vingt bataillons,
Lève ses étendards dans différents cantons.
Nos soldats, que toujours a suivis la victoire,
Surent dompter l'émeute et rehausser leur gloire.
L'Europe est alarmée ; un peu de sang coula :
L'ordre se rétablit quand le Français fut là.
La renommée apprend qu'on se révolte à Rome :
Le général Duphot y succombe en grand homme ;
Pour ramener la paix on lui perce le cœur.
Pour la seconde fois part notre ambassadeur ;
Il se sauve à Florence : on déclare la guerre
Pour détrôner le pape et braver l'Angleterre.
Berthier fondit sur Rome au cri de liberté,
Renversa le saint-siége et son autorité.
La république encor rouvrit son Capitole.
Le pape est détrôné, le clergé s'en désole.

Et l'on vit des consuls dans le vieux tribunat ;
L'antique capitale ouvre encor son sénat.
A Vienne Bernardotte, hélas ! nous trouble encore ;
Sur son hôtel flottait le drapeau tricolore :
Le Viennois irrité l'arrache au même instant ;
Rien ne peut apaiser son orgueil frémissant.
Bonaparte, qui craint pour notre destinée,
Ajourne son projet pour la prochaine année ;
Sans oublier l'Égypte et ses brûlants déserts,
A l'Europe jalouse il veut forger des fers.
Sans cesse on le tourmente ; il revole à la gloire ;
L'Inde de ce héros comblera la victoire.
Les fructidoriens, comme nos généraux,
Voulaient que ce guerrier mît un terme à nos maux.
C'est l'avis de la France et même de l'armée.
La coalition est déjà ranimée.
Profitez du succès, illustre conquérant,
Pour détrôner Barras, votre faible tyran.
Bonaparte refuse en homme politique ;
S'il cède au directeur, c'est pour la république ;
S'il s'élance en Égypte, en bravant les hasards,
L'Inde y verra flotter nos brillants étendards.

TABLE DES MATIÈRES.